KB088704

MIDNIGHT RADIO

MIDNIGHT RADIO

미드나이트 라디오

남희영 소설

니케북스

너희가 살아갈 이 세상을 낙관한다.

—금으로 남을 단아 한나에게

차례

Stay Gold

Stevie Wonder

이번엔 돈이 얼마나 깨질까.

여행은 자주, 원 없이 다녔다. 지금껏 그렇게 키웠으니 이제 와서 달리 탓할 것도 없다. 전적으로 내 잘못이다.

회사에서는 위기관리를 담당하는 경영혁신실 상무로 일하고 있지만, 정작 나는 개인적인 위기를 슬기롭게 넘겨본 적이 없다. 아니, 내 삶에는 힘겹게 넘어야 할 큰 위기 따위가 없었다. 명망 있는 아버지와 치맛바람 날리는 엄마를 둔 행운아. 그게 나다. 하지만 과연 행운일까? 모든 걸 해주는 부모를 가졌다는 것은? 물론 장점이 있다. 아니, 장점은 많다. 축복임이 분명하다. 하지만 얼마 안 되는 단점이 언제나 더욱 결정적인 법. 요즘 들어 절실하게 느끼는 바다.

나는 모르는 게 많다. 이론만 있고 실전이 없다. 신중한 성격에 실패가 두려워 무모한 시도는 하지 않는다. 온실 속 화초. 세상이 나를 두고 하는 말이다. 큰 기복 없이 살아온 데에는 팔순에도 정정한 부모님 덕이 크다.

나는 은행 고위직 간부로 정년퇴직하신 아버지와 가정주부 어머니를 둔 전형적인 중산층 가정의 외아들로 자랐다. 서울의 명문 사립대를 졸업하고 대기업 공채에 무난히 합격한 후 승승장구, 업계 최연소 상무가 되기까지 오십 평생 순탄한 길을 걸어왔다. 하지만 그건 어디까지나 과거다. 문제는 앞으로다.

내 부모가 독자獨子인 내게 그랬듯, 하나인데 뭔들 못 해주리 싶어 아낌없이 뒷바라지하며 고이고이 키운 외동딸 연화는 질풍노도 중3이 되었다. 지금까지 고작 16년. 적어도 아이 대학 졸업까지는, 아니 공부머리가 없다는 건 애저녁에 알았지만, 혹시라도 뒤늦게 머리가 트여 로스쿨이든 의학전문대학원이든 가겠다고 나서면 보내겠노라는 결심대로라면, 앞으로 10년은 더 남았다. 이런 형편에 폭주하던 기관차가 덜컹거리고 있다.

지금보다 더 굵게 토해내야 되는 상황에서 만약 내가 실직을 한다면?

고르고 고르다 겨우 결혼 상대다 싶으면 외아들이 부담된다고 도망가기를 몇 번. 아내와는 서른셋에 결혼했다. 이십대 중반에 결혼해 아이를 낳은 대학 친구 둘은 각각 남매와 아들 형제를 키우고 있다. 난 꽤 늦은 편이었던 것이다. 같은 해에 첫아이를 얻은 녀석들은 이제 번듯하게 대학 졸업까지 다 시키고 한시름 돌렸는데, 나는 아직 갈 길이 멀다. 녀석들의 아들은 하나같이 아직 변변한 직장을 못 구해 방구석에서 시름시름 앓고 있다. 그래도 너희는 학비는 일단 끝나지 않았냐, 반농으로 우는소리를 하면서도, 목돈 나갈 일이 창창한 주제에 두둑했던 주머니가 비어가는 처지임에도 술값은 내 몫이다. 믿음직한 재산인 내 친구들을 위로하기 위해. 외동인 내게는 이들이 형제다.

녀석들의 고민은 생각보다 깊다. 세상이 워낙 흉흉한데다 들리는 이야기들은 하도 기상천외해서 다 키운 자식들이라고 안심할 수가 없단다. 제 처지를 비관해 컴퓨터 게임에 빠지거나 애먼 인터넷 기사들에 악성 댓글을 달며 좌절감을 해소하지 않도록 최소한의 경제적 지원을 계속해야 할 것인가, 아니면 신문 배달이라도 해서 성인이 된 네 삶을 책임지라고 내쫓기라도 해야 할 것인가. 쉽게 답을 내릴 수 없는 고충에 직면한 녀석들의 얘기를 듣고 있노라면 곧 내 앞에 펼쳐질 상황도 자연스럽게 그려지곤 하는데…… 글쎄다. 내 새끼가 취업할 때쯤 되면 인력보다 일자리가 더 많아질 건 확실하고, 워낙 예쁘장하니까 그래도 지금보다는 낮지 않을까? 하지만 친구들의 한탄에 숨죽여 경청하며 때로는 꼰대스러운 의문이 든다. 스펙이 뛰어나니 작정만 하면 들어갈 곳은 분명 있다. 중소기업을 운영하는 친구들 얘기를 들어보면, 몇만 명이 다녀간다는 채용박람회에 참가해봐야 신입 열댓 명 뽑기가 힘들다 한다. 상담을 받으려 부스에 앉았다가도 채용조건, 연봉조건에 실망해 태반이 이력서를 내지도 않고 일어선다는 것이다. 초조한 마음은 이해한다. 불리한 선상에서 출발하면 영영 좋은 기회가 오지 않을 것 같은 걱정도 당연하다. 하지만 규모와 상관없이 건실한 곳에서 착실히 경력을 쌓으면 이직할 때 반드시 도움이 된다. 성실함이 증명되기 때문이다.

조직은 조직원을 뽑는다. 조직의 리더는 내부에서 키워지기도 하지만, 알고 보면 외부 스카우트의 비율이 더 높다. 리더는 하얀 자갈들 사이의 검은 돌이다. 어딜 가나 눈에 띄는 놈들이다. 애초에 난놈들은 예외로 하고, 나머지 조직원에게는 성실함이 최고 덕목이다. 인사 전문가로서 나는 요즘 젊은이들에게 패기가 없는 것이 아닌가 싶어 안타깝다.

물론 친구들에겐 이런 생각을 말하지 않는다. 이 나이가 되니 친구랑 맞서는 게 싫다. 이젠 언쟁하고 신경전할 여력이 없다. 게다가 내 처지 역시 남의 말 할 계제가 아니다.

회사에서 있는 대로 기 빨리고 집에 가면 서로에게 눈을 치켜뜨고 달려드는 두 여자한테 남은 기까지 쪽쪽 빨리고…… 몸이 축나네. 남아나질 않네.

모든 게 so, so…… 여태 그렇게 살아왔다. 아이도 그럭저럭 잘 자랐고, 와이프도 나한테나 애한테 잘하고. 그런데 올해 4월, 느낌이 좋지 않았다. 아내는 사납게 사춘기를 맞은 연화와 날마다 전쟁 중이다. 그 때문에 말하지 못했다.

회사에서 내 자리가 위태롭단 사실을.

임원은 어차피 계약직이다. 상무로 승진한 작년엔 괜찮았는데 당장 올해부터 불안하다. 몇억 대 연봉에 차까지 나오자 와이프는 신이 났다. 내가 얼마나 압박감에 시달리는지 모른 채 즐거워만 해서 굳이 흥을 깨고 싶지 않다. 내포지션이 조직의 리사이징인 만큼, 기업 부채며 팀별 적자 폭에 민감할 수밖에 없다. 팀이 재정비될 때 팀 메이킹을 최종 결재했던 나 역시 패널티를 받기에.

5년 연속 적자를 본 우리나라 3대 메이저 조선회사는 작년 말 일제히 관리직 임원의 80퍼센트를 날렸다.

그만큼 조직은, 특히나 관리직은 항상 위기다.

대학 때 사귀던 여자가 헤어질 때 내게 한 말이 있다. 오빠 너무 비정하다고. 비정? 내가 무슨 킬러라도 되냐? 아무리 끝물이지만 어떻게 저딴 소리로 저주를 퍼붓나 싶었는데, 이상하게 요즘 들어 자꾸 그 말이 떠오른다. 인정하고 싶지 않지만 사실이다. 나는 비정하다. 그래서 이 일이 적성에 맞다. 이 일은 누군가에게 생명줄을 건네기도 하지만 대체로는 목을 날리는 쪽이다. 제 손에 피를 묻히는 일이기에 인정 많은 사람은 못 견딘다. 일에 있어 나는 융통성 제로의 원칙주의자. 일을 못하면 그만둔다. 조직에 피해를 줘서는 안 된다. 단순히 두 문장의 명제에 따라 인력을 쓰고 내보냈다. 내부의 적은 언제나 많았다. 미움받을 용기가 없어 독한 말을 못 하는 보직 간부를 대신해 총대를 멘 적도 있다. 그 공을 인정받아 여태 살아남았지만, 올해 내 평가점수가 무척 낮다는 소문이 돈다. 날 키워주고 지켜준 윗선이 받쳐주고 있어야 하는데, 연말이면 그들이 죄다 잘려나갈 예정이다. 소문이 아니라 기정사실이 그렇다.

나이 오십, 지금 사이즈에 재취업? 쉽지 않다. 차라리

차·부장급이 수월하다. 요즘 같은 불경기에 영업도 할 줄 모르는 관리직 상무는 웬만해서는 부담스러워서 못 쓴다. 관리직 간부는 자리 자체가 드물다.

오전 회의에 들어갔다 나오니 와이프에게서 메시지가 와 있다.

학교에 가기 전에 연화가 폭탄선언을 했단다. 여름방학 때 몰타로 어학연수를 떠나겠다고 했다는 것이다.

어? 연화가 무슨 바람이 불어 먼저 공부를 하겠다고 나서는 거지? 그건 그렇고, 몰타는 또 어디야? 이런저런 생각이 들지만 길게 통화할 상황이 안 돼서 식당으로 가면서 짧게나마 답장을 보냈다.

―몰타는 어디야?

―당신은 유럽을 몇 번이나 다녀오고선 몰타를 몰라요? 이탈리아 밑에 있는 섬나라요. 영어랑 몰타어랑 같이 쓴대요.

―어학연수 그렇게 싫어하더니 웬일이래?

―그러게.

―또 헛돈 쓰는 거 아니야?

―애 공부가 왜 헛돈이야? 제일 확실한 투자지. 몰타인

게 황당하긴 하지만. 당신이 애랑 얘기 좀 해봐. 걔 얘기 듣고 있다보면 귀가 썩는 것 같아.

대충 점심을 먹은 뒤, 커피를 사들고 옥상공원에 올라가 아이에게 전화를 걸었다. 연화는 점심시간에 잠깐 휴대폰을 켜놓는다.

"연화 꽁주! 밥 맛있게 먹었쪄용?"

"아 왜 또! 엄마가 뭐라 그랬지? 몰타는 이미 픽스됐거든? 어차피 방학 때 캐나다 보낼 거 아냐? 이왕이면 내가 가고 싶은 데로 보내달라는데 그게 왜 안 돼?"

"누가 뭐래? 이쁜이 일없이 예민 떠시네."

"그럼 왜 전화했는데? 뻔하잖아. 지금 완전 기분 별로거든?"

"기분은 왜 별로야? 몰타는 또 어디래?"

"아 제발 좀!"

"참 나, 묻지도 못하니까, 공주님?"

"어디긴 어디야. 기냥 유럽이야."

"따님이 공부하시겠다는데 아빠한테 정보가 너무 없어서 그러지. 몰타로 유학간단 얘긴 첨 들었네. 나라 이름이 뭐 그래? 낙타도 아니고."

"지금 아재 인증하니? 그러니까 내가 아빠 구박하는 거야, 요새 몰타가 개쩔거든? 이왕이면 핫한 데로 가야지. 캐나다는 맛탱이 간 지 오래거든?"

"하이구야, 어학연수 아니었나요? 공부하러 가는데 핫해서 뭐하게?"

"캐나다는 한국 사람이 너무 많아서 실패한 거잖아. 그래서 내가 집중할 만한 환경을 알아서 찾은 거야. 거긴 한국 사람 별로 없어서 영어 배우기 좋대."

"핫하다며? 우리 공주님한테까지 소문날 정도면 웬만한 애들은 다 아는 거 아니야?"

"몰타를 누가 가! 잘 알지도 못하는데! 몰타가 어딘지 아무도 모른다구!"

"하이고 갑갑해 죽겠네. 핫하댔다가 아무도 모른댔다가."

"아빠 아직도 몰라? 난 유행 진짜 싫다고! 옷도 디자이너 브랜드 아니면 빈티지만 입잖아. 나랑 똑같은 옷 입은 사람 보면 바로 기증 날리고!"

"그건 낭비지."

"스웩이거든?"

"그래서 따님, 진심으로 공부하실 맘은 정말 있으시고?"

"아, 끊어."

연화는 그대로 전화를 끊어버렸다. 나는 다 식은 커피를 훌쩍이며 사무실로 들어왔다.

그게 한 달 전 일이고, 오늘은 5월 4일. 우리 세 가족은 지금 공항이다.

밤 11시가 넘어간다. 일찍 출국심사대를 나와 인터넷으로 미리 주문한 면세품을 찾아 주렁주렁 쇼핑봉투들을 든 채, 또 면세점을 구경하며 탑승 게이트 쪽으로 가고 있는 중이다.

여정은 복잡하다. 일단 11시 45분에 출발하는 터키항공을 타고 이스탄불로 간다. 비행시간은 11시간 20분. 새벽 05시 05분에 이스탄불의 아타튀르크 공항에 도착하면 거기서 다시 4시간 정도 대기했다가 몰타 행 비행기로 갈아탄다. 몰타까지는 2시간 30분, 스케줄 보는 것만으로도 지친다. 멀다.

시차까지 셈하면 오고 가는 데만 사흘, 답사에는 이틀을 잡았다.

초등학교 3학년 때부터 필리핀으로, 캐나다로, 매년 한두 달씩 아이를 해외로 돌렸다. 말이 어학연수지 가서 밥 먹고 놀다 오는 건지, 아이의 실력은 좀체 늘지 않았다. 연수 때마다 돈 천은 우습게 깨졌다. 국내에서도 영어학원에 갖다바치는 돈이 매달 이백 이상. 애가 하나뿐이니 아낌없이 투자했을 뿐 애초에 뿌린 만큼 거둬들인다는 기대는 없었다. 연화는 공부에도 예체능에도 도무지 흥미가 없다. 아이의 관심은 오로지 친구뿐. 친구가 하면 뭐든 따라 하려 했다. 친구가 뭘 배운다고 하면 저도 배워야 하고, 친구가 어딜 갔다 왔다 하면 저도 갔다 와야 성이 찼다. 나 역시 외동으로 자라 친구에게 집착하는 심정은 이해하지만 저 정도까지는 아니었는데. 딸이어서 그런가, 아님 요즘 애들이 다 그런 건가…… 아이의 요청이 대체로 실현 가능했기에 우리는 아이 뜻대로 따라주며 오냐오냐 키웠다.

경제적 여유가 때론 양육자의 눈을 멀게 한다. 수차례 깊이 고민한 후에 훈육 방향을 정하고, 일단 정한 후에는 올곧게 돌진할 투지가 우리 부부에겐 없다. 끊임없이 실험에 실험을 거듭한다. 아이가 원하면 무모해도 도전하고, 실패해도 그만이다. 다시 때려부을 돈이 있으니까.

그렇게 키워서인지 타고난 기질인지 우리 아이는 'no'에 무척 민감하다. 한번 더 생각해보자고만 해도 싫다고 짜증이다. 인라인에 중국어에 심지어 플라잉 요가까지. 그렇게 쉽게 결정하고 강력하게 밀어붙여 시작했다가 뜬금없이 한 순간에 포기한다. 추진력이 장점이라면 장점이겠지만 아이의 선택에 늘 친구가 개입되는 것 같아 고민이다. 이번 몰타 행 역시 친구랑 연관이 있지 않나 싶다. 단짝이었던 진주가 작년에 용인으로 이사간 후 아이는 더욱 친구에게 매달리는 것 같다. 엄마는 아주 제 밥이라 삶아먹는 수준이니 엄마가 제안해서 하는 경우는 거의 없다. 겨우 영어 하나 제 엄마가 이끄는 대로 따라가는데 그마저도 그저 왔다갔다 하기만 할 뿐 공부는 영 뒷전이니 재미있을 리가 있나. 그럼에도 정 안 되면 유학이라도 보내야 한다고 고집하는 와이프는 가기 싫다고 있는 대로 성깔을 부리는 아이를 곧 죽어도 학원에 처넣고야 만다.

얼마 전에는 엑소 콘서트 예매를 제 엄마한테 맡겼다가 실패하는 바람에 한바탕 폭풍이 불었다. 티케팅 오픈 시간이 학원 수업시간과 겹쳐 하루만 빠지겠다는 걸 제 엄마가 책임지겠다고 큰소리쳐서 보냈는데, 예매 사이트에 접속도 하기 전에 이미 매진되어버린 것이다. '새로고침'을 계속 눌러야 한다고 몇 번을 당부했지만, 접속이 아예 안 되는 걸 '새로고침'을 한다고 무슨 소용일까 싶어 안 했다나? 애는 미쳐 날뛰고…… 그 일은 전적으로 와이프 잘못이다. 그러잖아도 이런 일이 생길 때마다 저한텐 도와줄 형제도 없다고 늘 불만인 아이인데 학원 하루쯤 빠진다고 무슨 대수겠냐 말이다.

외국계 회사에 다니던 와이프는 아이를 낳고도 곧장 복직해 별탈 없이 커리어를 쌓아가다가 연화가 초등학교에 들어가자마자 전업주부가 되었다. 아이가 학교에서 돌아올 때 혼자 빈집에 들어오게 하기 싫어서인 줄 알았는데 실은 그게 학부모들과의 연대를 위한 것이었다. 요즘 엄마들은 자녀들 친구관계에 민감하기 때문에 엄마들과 친해지지 않으면 아이도 왕따가 된다는 둥, 엄마들한테 이런저런 정보도 얻고 운동이나 그룹 과외나 교회에서 하는 해외연수에 멤버가 될 수 있다는 논리였는데 내 눈엔 그저 친목모임 이상은 아닌 듯하다. 언젠가 와이프가 하소연을 했었다. 초등학교 저학년 때라면 모를까, 아이 친구는 결국 제가 알아서 사귀고, 엄마가 아무리 엮어줘봐야 같이 안 어울리더라, 어쩌고…… 그 당연한 걸 이제사 알았나?

이게 좋네, 저게 좋네, 이걸 시켜야 돼, 저건 꼭 배워놔야 돼…… 주워듣는 정보는 많지, 애는 안 따라주지, 이래저래 와이프도 고생이 많다.

저리도 친구를 좋아하는데 방학 때마다 이모 사는 곳 아니면 엄마 친구 사는 곳으로 떠나 있어야 했으니 아이의 불만도 언젠가 터지지 싶었다.

캐나다나 필리핀에 갈 때는 항상 와이프가 동행했다. 지인이 사는 곳 근처에 단기 렌트를 해서 아이 학교까지 픽업 샌딩하며 함께 지내다 왔다. 모든 아이는 자신만의 재능이 있다. 그 재능이 자동으로 드러나거나, 아이 자신이 알아서 개발하는 경우는 행운일 뿐 흔치 않다. 잠재된 능력을 최대한 뽑아내고 쥐어짜는 건 전적으로 부모의 프로듀싱 능력에 달렸다. 이건 와이프도 동의하는 나만의 주관이다. 방황을 하며 자신만의 길을 찾고 있는 진로 탐험가 연화를 위해 와이프는 헌신하고 있다. 아이에게 필요한 최소한의 백업을 해주기 위해 영어교육에 올인하며, 그 기간 동안 아이의 손발이 되어주는 것. 하지만 아이에겐 엄마의 요구와 뒷바라지가 벅찬 걸까? 요즘 연화는 엄마뿐 아니라 내게도 별일 없이 대립각을 세운다.

낙타인지 몰타인지, 이름조차 흉측한 몰타에 대해서는 떠나는 지금까지도 잘 모른다. 공항에 도착하면 어학원에서 가이드가 나올 거라 한다. 여행 계획은 언제나 내 몫이었지만 이번만은 아니다. 전적으로 여성 멤버들을 따라가기로 했다. 책을 사거나 해서 잠깐 공부할 수도 있었겠지만 하지 않았다. 시간도 없었지만 무엇보다 회사 분위기가 흉흉해 마음의 여유가 없었다. 도통 아무것도 머리에 안 들어온다. 아이가 무조건 갈 거라고 떼를 쓰는 바람에 일단 가기로 하고는, 제 엄마랑 둘이서 이것저것 알아보고, 여행사에 전화해가며 일정을 짜는 동안에도 한 번도 들여다보지 않았다. 알고 싶지도 않았다. 거실에서든 서재에서든 와이프가 다가오면 얼른 자는 척을 했다. 눈치가 빠꼼이인 와이프는 모른 척 그대로 내버려두었다. 자는 척 눈을 감고 있어도 당연히 잠은 오지 않아 이런저런 상념에 잠기곤 했다.

며칠 전에는 아버지의 전화를 받았다. 마침 돈 문제로 하소연할 데가 없어 전화를 할까 말까 망설이던 참이었다.

"안 그래도 지금 전화 드리려던 참이었는데……"

"네 나이가 오십, 내 나이가 팔십 줄이다. 이 나이 되도록 네가 먼저 전화한 적이 없다."

"진짠데……"

"뭔 일이 있는 게로군."

"아유, 아버지도 참…… 뭔 말씀을 못 드려."

"돈이냐, 권고퇴직이냐."

"하이고, 아버지."

"자식이 오십이 돼도 뭘 먹고 사나 늘 걱정인 게 아비라는 사람이다. 그래도 이젠 알아서 살아라. 나는 남기게 될 재산은 모두 학교에 기증하련다. 쓸 만한 장기가 있으면 그것도 내주고, 하다못해 의대에 해부용으로라도 줄 생각이다."

"아버지, 존경합니다."

"용건 없냐?"

"그냥 안부 여쭈려던 거였어요."

"그럼 끊는다."

평생을 빈자들에게 큰 관심을 가지셨던 아버지의 뜻이라면 이미 잘 안다. 시신 기증 얘기 역시 빈말이 아니다. 나는 양심도 없지. 30년 넘게 먹여주고 키워주고 교육시키고 결혼할 때는 서초동에 45평 빌라를 신혼집으로 마련해 줘…… 나보다 형편이 낫다는 핑계로 용돈 한 번 두둑이 드린 적이 없다.

오십 되도록 아버지 재산이나 껄떡대는 내 신세 좀 보라지.

이 나이가 되도록 왜 이직 생각을 못 했을까.

구조조정 전문가로 한창 몸값이 높을 때 좋은 조건으로 스카우트 제의가 들어왔지만 큰 고민 없이 뿌리쳤다. 무엇이 두려웠던 걸까. 나름 자리잡고 뿌리내린 곳이니 움직이지 않는 편이 낫다는 결론은 어디에서 나온 걸까. 나 같은 인재를 행여 내치겠는가, 근거 없는 믿음은 대체 어디에서 온 걸까. 심란한 마음에 취업 포털 사이트에 접속해 이리저리 구직 정보를 뒤져보지만 역시 답은 없다. 그렇게 얼마쯤 시간이 흐른 후 결국 어른 둘이 아이 하나를 못 이겨 이렇게 몰타까지 끌려가고 있는데, 기분이 묘하다.

5월. 선선하고도 차지 않은 공항의 밤공기. 밤의 냄새. 나쁘지만은 않다. 초행길은 늘 설렘보다 두려움이 컸는데 이상하게도 오늘은 좀 설렌다. 등에 짊어진 걱정꾸러미를 몰타의 바다 깊이 던져버리긴커녕 발 옆에 내려놓지도 못하겠지만 그저 따라다니기만 하면 된다 생각하니, 숨이 크게 쉬어진다. 탑승 게이트 옆의 기다란 벤치에 앉아 와이프와 아이를 기다린다. 여기까지 오면서도 상점이란 상점은 모두 둘러보고 나오는 두 사람. 제일 마지막에 있던 초콜릿 가게까지 빠뜨리지 않고 들렀던 참이다.

저렇게들 쇼핑을 좋아하는데, 그저 둘러보는 것만도 저렇게들 신나하는데, 지금껏 그렇게 살아온 두 사람인데…… 아직 닥치지도 않은 미래가 왜 이렇게 걱정이 되는지 모르겠지만, 쇼핑 마니아이자 내 인생의 이유인 저들을 실망시키게 될지도 모른다 생각하니 벌써부터 미안하다.

〇 〇 〇

　도시 전체가 유네스코 세계문화유산으로 지정된 몰타의 수도 발레타. 이틀간 우리를 안내해준 청년은 한국인을 대상으로 아르바이트를 하는 유학생이었다. 오스만 투르크 제국의 함대에 대적했던 발레타 장군의 공적을 기려 이름을 지었다는 설명이 인상적이었다.

　철저하게 전쟁을 위해 계획된 요새도시라는데, 무엇 하나 깨부술 수 없도록 아름다워서 오스만이고 오랑캐고 기세등등 침략했다가도 금세 총구를 거두었을 듯하다.

　전체적으로는 몇 년 전에 갔었던 모나코와 비슷한 인상이었다. 예쁘고 차분하고 긍정적인 에너지가 끓는 듯한. 하지만 그 맑고 밝은 기를 온전히 받아들이지 못하고 그대로 반사하는 기분이었다. 그곳에서 보낸 이틀 동안, 나는 내 안의 깊은 우울을 보았다.

　문득 돌아본, 어느 쇼윈도에 비친 내 모습은…… 망나니였다.

　타인의 목을 베는 일로 밥을 벌어먹고 살면서도 죄책감이라곤 없었다. 나 역시 식솔들 먹여 살리느라 내 일을 하는 것뿐, 너에게 개인적인 감정은 없다……라는 미안함이 있었다면 지금 나는 덜 비참했을까.

답사를 핑계 삼아 호화로운 관광을 마치고 다시 한국으로 돌아오는 비행기 안.

필리핀에 가는 정도의 비용으로 치안도 괜찮은 곳에서의 어학연수? OK.

어학원이 쉬는 주말마다 주변 유럽 국가들로 여행? So good.

되는 날까지, 총알이 남아 있는 한은 다 쏘지 뭐. 또다시 져주는 마음으로 이코노미석에 다리를 구겨넣고 앉았는데 연화가 말을 붙인다.

"아빠, 나 서민 체험 시키려고 일부러 이코노미로 예약한 거지?"

"너 서민이야."

"아빠가 대기업 임원이면 은수저는 되거든."

"은수저 아니네요."

"아빠 직원 아니고 임원 맞지? 직원은 스테인리스 수저래."

"은이나 스테인리스나."

"스테인리스는 요즘 아무도 안 쓰잖아. 뭐 그런 의미겠지?"

"따님은 왜 몰타에 가고 싶은 거야?"

아이 쪽으로 고개를 기울이자, 아이가 대답한다.

"사실은…… 요즘 내가 마잭에 버닝 중이거든."

"마잭?"

"아빠도 마잭 듣잖아. 아빠 서재 시디장에 마잭 컬렉션 있더만."

마작도 아니고 마잭은 대체 뭐란 말인가.

"마이클 잭슨 말야, 마이클 잭슨. 약자로 MJ. 아빠한테 마잭 시디 전부 다 있는 거 보고 나 완전 얼척 없었잖아. 아빠 완전 다시 봤어. 아재 감성 쩌는 아빠한테 그런 면이 있다니……"

"아, 마이클! 하하. 그래, 아빠야 마이클 엄청 좋아하지."

"이것 봐. 마이클이래잖아. 헐, 역시 기대를 하면 실망한다니까."

"알았다, 알았어. 마잭. 낙타 아니고 몰타, 마이클 아니고 마잭. 오케이."

"요즘 핫한 뮤지션들은 다 마잭한테 영향받았거든. 나도 우리 오빠들 팬질하다가 알았지."

"그랬구나. 송휘나 지윤이도 마잭 알아?"

"걔들이 뭔 상관이야."

"네 단짝들이잖아. 싸웠어?"

"아 몰라."

아이의 눈꼬리가 갑자기 축 처진다.

"학교 재미없어. 개짱나."

"별일이네. 가시나들이 우리 딸 예쁘다고 미워하나?"

"송휘가 엑소 콘서트 두 장 예매 성공했는데, 나랑 안 가고 지윤이랑 가겠대. 이게 다 엄마 때문이야."

다행히 비행기 엔진 소리에 묻히긴 했지만, 짜증난 아이의 목소리가 점점 높아진다.

"그런 일이 있었구나. 송휘랑 지윤이는 신경쓰지 마. 아빠가 보기엔 걔들이 바보야."

아이의 머리를 가만히 쓰다듬자, 연화는 뚝 떨어진 눈물을 쓱 닦는다.

"아 됐고. 나도 진주 있었음 걔들하고 놀지도 않았어. 상관없고. 어쨌건 마잭이 죽은 게 아니라 몰타에 숨어 산다는 소문이 있어."

"응? 따님! 그건 좀 말이 안 되는 것 같은데."

"유튜브에서 음모이론 소개하는 VJ가 있는데 그 사람이 그러더라고. 마잭한테 발코니 집착증 있었던 건 알지? 왜, 막내아들 프린스 마이클 2세를 담요에 싸서 발코니에서 허

공에 대고 흔들기도 했잖아. 그래서 그애 별명도 블랭킷이
됐잖아."

"사람 이름이 담요_blanket야?"

"내 생각엔 아무래도 왕자병이었던 것 같아. 왜, 옛날 유
럽 왕실 사진 같은 거 보면 왕자나 공주 들이 발코니에서
손 흔들고 그러잖아. 그 비슷한 거지. 뮤비 찍으러 몰타 갔
다가 그 동네 발코니가 너무 예뻐서 섬 전체를 사려고 했었
대. 최측근한테서 나온 얘기라니까 정확할 거야."

"최측근이 누군데?"

"내가 그걸 아빠한테 왜 말해야 해?"

그건 맞는 말이다.

"마잭이 워낙 순수한데다가 사람도 잘 믿어서 사기도 많
이 당했나봐. 게다가 맨날 미디어에, 파파라치에 시달리다
보니 어딜 가든 우산을 쓰고 다닐 정도로 파파라치 기피증
이 심했대."

"너도 아까 말한 그 유럽 왕실 사진 같은 건 파파라치 블
로그에서 보는 거 아냐?"

"그러니까 내 말이. 마잭은 자기가 죽는 걸로 미리 다 세
팅해놓고 지금은 완전 새 얼굴로 몰타에서 살고 있는 거지.
마잭 무덤 파보면 아마 미키마우스 인형 같은 거 나올걸?

노래 제목이나 앨범 제목에도 암시가 계속 있었어. '리브 미 얼론leave me alone', 자기 내버려두란 거잖아? 이스케이프, 도망치겠다는 거지."

"오오, 영어 많이 늘었는데?"

"팬심이 그런 거야. 한류 팬들도 한국어 열심히 배우잖아."

아이가 음흉하게 웃으며 덧붙인다.

"몰타에 숨어 있는 게 확실해!"

"그래서 우리 따님은, 몰타에 마잭이 있어서 여름에 찾으러 오겠다는 거야?"

"응. 구글 번역기 돌려서 편지도 쓸 거야. 당신은 다시 뮤직 인더스트리로 돌아와야 한다. 빅뱅, 엑소, 틴탑의 니엘 등등 당신의 음악을 듣고 가수가 된 스타들이 많다. 케이팝의 발전을 위해서라도 다시 창작을 하라고 설득해야지."

나도 모르게 웃음이 터져나온다.

"따님 편지에 마잭이 돌아오겠나?"

"직접 만나면 어떻게든 되겠지."

"글쎄다. 찾기가 쉽지 않을 것 같은데."

"코딱지만한 섬이잖아. 방학 내내 열라 뒤지면 찾지 않을까?"

"따님아 따님아, 공부는 안 하고?"

"공부는 어학원 갔다 와서 오전에 다 끝내지! 요샌 공부 잘하는 애들이 연예인도 하고 운동선수도 한다고. 아빠 시절이랑 달라. 알파걸이 대세야."

"따님 입에서 그런 말이…… 그래서 구체적인 계획도 없이 그냥 섬을 뒤진다?"

"일단 해보는 거지. 아빤 해보지도 않고 알아? 아빠 진짜 얼척 없다."

"허~~~"

"그러니까 아빠가 발전이 없는 거야. 그래서 어차피 그냥 회사원이기도 하지만. 짱구 아빠처럼. 초딩 때 짱구 보고 헐~~ 했다가 아빠도 짱구 아빠랑 똑같은 회사원이라는 거 알고 엄청 울었잖아. 짱구 아빠 왕 한심하거든. 맨날 비는 쫄딱 맞고 다니고, 차 고장 나서 새 차 사러 갔다가도 비싸서 그냥 집에 오고, 승진해서 부장 됐다가 다시 과장 되고…… 회사원은 한마디로 발전이 없어. 사람이 발전을 해야지, 발전을."

스튜어디스가 땅콩과 음료를 준다. 앞자리에 앉은 와이프는 그새 잠든 듯하다.

앞뒤 계산 없이 저돌적인 나의 공주님. 겁 없이 낯선 땅에서 킹 오브 팝을 찾겠다는 우리 딸. 그나마 아이돌 오빠들 사생팬이 아니라 레전드를 알아볼 줄 아는 아이라 다행이다.

아이는 내게 해보지도 않고 어떻게 아느냐고 큰소리를 친다. 그러네. 해보지 않고는 모르는 거네.

그동안 철마다 여기저기 안 나가본 곳이 없지만, 이번 여행은 마음가짐이 달랐다. 어쩌면 앞으론 이런 삶을 지속할 수 없을지도 모른다는 불안이 오늘의 나를 다독인다. 지금까지 내가 누린 것들이 대단한 호사였다는 걸 이제라도 깨달은 게 얼마나 다행인가.

늘 철없는 투정뿐인 줄 알았던 아이는 녹록지 않은 친구 고민을 안고 있었다. 연화는 또래들 사이에서 미움을 받는 일이 적지 않았다. 아빠인 내가 봐도 이타적인 아이는 아니다. 혼자 자라서 그런가 했지만, 사남매의 맏이인 와이프가 늘 자기 몫에 민감하고 외아들인 나보다 베풂에 인색한 걸 보면, 이기적인 성품도 환경 탓이라기보단 그렇게 타고난 게 아닌가 싶다. 어차피 삶은 경쟁의 연속. 부모의 관심과 애정을 독차지하는 외동이라는 지위는 부모가 줄 수 있는 절대적인 선물일 수 있다. 우리는 하나만 갖자는 건 와이프가 먼저 제안했고 내가 동의했던 부분이었다.

하지만 나는 안다. 외동아이가 어떤 문제행동을 보일 때 사람들의 편견 가득한 걱정 어린 시선을. 나부터가 그런 시선 속에서 자라기도 했지만, 나 역시 다른 사람들과 같은 눈으로 아이를 쳐다볼 때가 있으니까. 혹시라도 아이가 혼자 자라서 타인에 대한 배려가 부족한 건 아닐까. 자기 의사와는 상관없이 또한 아무 잘못도 없이 형제에게 무언가를 양보하고 빼앗겼던 아이와, 망가지거나 잃어버리기 전에 단순히 싫증만 나도 새것이 생기곤 했던 아이는 아무래도 다를 수밖에 없지 않을까. 나를 쳐다보던 사람들의 어떤 시선이, 연화를 키우는 지금에야 이해가 된다.

아이의 약점을 누구보다 잘 알고 있는 아빠이기에 때론 더욱 가슴이 아프다.

헤드폰으로 음악을 듣는가 했더니 아이는 어느새 내 어깨에 기대어 잠들어 있다. 불편하지 않도록 조심조심 헤드폰을 빼주고 다시 아이의 머리를 편하게 누인다.

자식을 소유물로, 일종의 투자 아이템으로, 자기 결핍의 과잉보상 상품으로 여기며 '효'라는 보답을 기대하는 한국의 많은 부모들. 부모 자식간에 애착 분리가 명확지 않아 전 세계 유일 시월드 처월드라는 문화가 존재하며, 엄친아 엄친딸이라는 이상한 신조어가 만들어지는 나라. 이런 나라밖에 못 만들어준 나를 포함한 기성세대들에게 묻고 싶다. 새끼가 흙수저 부모, 무수저 부모라고 탓한다 한들 한탄할 자격이 과연 있냐고. 다 큰 자식을 넓은 세상으로 내보내긴커녕 시월드 처월드라는 감옥으로 불러들이는 이들은 결국 부모다.

부모는 자식에게 날개를 달아준다. 딱 거기까지가 부모의 역할이다. 어디를 어떻게 날든 개의치 말고 그저 훨훨 날려 보내야 한다. 난 꼰대가 맞지만 깨어 있는 꼰대가 되고 싶다. 자식을 믿고 지켜보고 기다려주고 싶다. 하나 내 자식이 일등이길 바라는, 월등하길 바라는, 경쟁에서 이기거나 최소한 살아남길 바라는 마음을 내가 왜 모르겠는가. 연화를 향한 내 맹목적 사랑과 결국은 결이 같은데.

어떤 금은보화가 부모에게 자식보다 귀하리.

나는 이 귀한 아이가 세상 모두의 사랑을 받길 원한다.

금으로 태어났으니 이젠 현명한 어른으로 성장하도록 예쁘게 세공하는 일만 남았다. 앞으로도 변치 않고 금으로 남도록.

아이의 친구 문제에 대해 와이프와 더 상의해봐야겠다. 그리고 고백해야겠다. 이 자리에서 언제 미끄러질지 모른다는 사실을.

나이 오십에 4대 보험도 안 되는 작은 회사로 이직을 하건, 어느 변두리에 코인 세탁소를 차리건…… 상상하기도 싫지만 어쩌겠는가. 그래도 몰타에서 죽은 마젝 찾기보다는 쉽겠지.

비행기 유리창에 내려져 있던 덮개를 올리고 창밖을 내다본다. 하얀 구름 위로 내 얼굴이 비친다.

다행히 망나니처럼은 안 보이네. 대신, 입가의 주름이 선명하다. 주름 깊은 내 볼에 머리를 기댄 사랑스러운 요물 때문일까. 몰랐는데, 나는 지금 웃고 있다.

Fire and Rain

James Taylor

소녀의 이야기

'그래도 엄마는 너를 사랑한단다'.

내가 요즘 아기에게 읽어주는 책의 제목이다. 『아기 토끼 하양이는 궁금해!』와 『조금만 기다려 봐』 등 베이비페어에서 묶음으로 구입한 케빈 헹크스의 그림책도 자주 읽어준다. 아기는 문혜진 시인이 지은 『사랑해 사랑해 우리 아가』를 가장 좋아한다.

아기에게는 아직 이름이 없다. 수없이 많은 이름을 떠올렸지만 정하지 못한 채 벌써 1년 가까이 흘렀다.

엄마와는 아기가 돌이 지나면 돈을 벌러 나가겠다고 약속했다. 어린이집에 아기를 맡기려면 출생신고를 해야 하는데, 이름이 없어서 아직 출생신고도 못 했다. 한부모가정이라 어린이집은 언제라도 입소 일순위이지만 도저히 아기를 다른 사람 손에 맡길 자신이 없다.

요즘 나는 아기가 한없이 예쁘다. 한편으로는 아무런 의욕이 없다. 너무나 무기력하다. 지난주에는 아기에게 처음으로 라면을 먹여버렸다. 이유식을 사 먹이는데 최근 들어 투정이 늘고 이유식을 자꾸 밀어낸다. 분유라도 잘 먹으면 괜찮을 텐데 그것도 아니다. 달리 뭘 줄 만한 게 있을까 싶어 냉장고를 열어봤지만 제대로 된 음식 재료가 없었다. 아빠의 출장길에 엄마까지 따라나선 지난 일주일 동안, 내가 장을 봐온 거라곤 분유와 이유식을 포함해서 모두 인스턴트 음식뿐이다. 아기가 걱정되는 와중에도 배가 고파와서 바로 물을 올리고 라면을 끓였다. 아기가 기어와 그릇을 들여다보기에 한 젓가락 물에 씻어 입안에 넣어줬더니 맵지도 않은지 쩝쩝거리며 먹었다. 다시 가슴이 아파왔다. 내가 지금 아기에게 뭔 짓을 하고 있나. 이럴 거면 아기는 왜 낳은 건지. 내게 과연 엄마 자격이 있는 걸까……

엄마인 내가 이 지경인데 타인이 내 새끼를 정성껏 케어해준다는 건 말이 되지 않는다. 어린이집에는 아무래도 못 맡길 것 같다. 그럼 앞으로 어떻게 해야 하나……

아기를 낳은 후 하루도 빠지지 않고 꼬박꼬박 일기를 썼다. 오늘 그 일기장을 들춰보다가 한 장 한 장 모두 찢어버렸다. 아기를 사랑한다, 아기가 아플까봐 걱정된다, 아기를 사랑한다, 아기가 다칠까봐 걱정된다, 아기를 사랑한다, 아기가 죽을까봐 걱정된다, 아기를 사랑한다…… 끊임없이 되풀이되는 극단의 문장들. 오늘의 고통은 어제의 고통과 조금도 다르지 않고, 그것은 내일도 마찬가지일 것이다.

나는 열다섯 살에 엄마가 되었다. 초등학교 6학년 겨울방학 때 우리 가족은 아빠의 직장을 따라 수원의 영통에서 용인의 동백으로 이사왔다. 동백은 내게서 친구를 빼앗은 대신 아기를 주었다.

동백은 신도시지만 대중교통이 엉망이다. 지하철은 물론이고 영통으로 나가는 직행버스조차 없다. 사방이 산으로 둘러싸인 도시는 대체 어떤 사람에게 좋은 걸까. 이사올 때 엄마가 그랬다.

"수원은 공장도 많고 매연 감옥이잖아. 용인은 주변에 골프 코스도 많고, 매주 라운딩할 수 있어. 멋지지 않니?"

골프를 즐기는 엄마 아빠에겐 천국일지 모르겠지만 내겐 이 차가운 산동네가 자연 감옥이었다. 낯설기만 한 이곳 남녀공학 중학교로 전학와 늘 혼자 다니던 나는 여자 친구들보다 남자 친구들과 더 빨리 가까워졌다. 그중에서도 명수와는 순식간에 가까워졌다.

명수는 제 집이 빌 때마다 나를 불렀고…… 그러다가 불쑥 아기가 생겼다.

아기를 지우려 했었다. 하지만 의사는 내가 생리를 시작한 지 아직 얼마 되지 않아 미성숙 자궁인데다 골반도 작아서 낙태와 함께 자궁을 들어내야 할 가능성이 높다고 했다. 혹 자궁을 살린다 해도 훼손이 심해 나중에 아기를 갖기 힘들게 될지도 모른다고 겁을 줬다. 어쩔 수 없었다. 나는 외가가 있는 광주에서 아기를 낳은 후 백일이 지나서 다시 동백으로 올라왔다. 아파트 근처에서 만난 이웃들에게는 동생이라고 둘러댔지만 금세 중학생이 아기를 낳았다는 소문이 돌았다.

그사이 명수네 가족은 동백을 떠나고 없었다. 정작 이곳에 마음을 붙이지 못하고 방황하던 중학생 소녀는 이렇게 남았다. 아기와 함께.

엄마는 남들 눈이 무서워서 도망칠 필요는 없다고 했다. 아빠 직장 때문에 온 것이니 아빠가 또다시 이직하지 않는 한 우리 가족은 이곳에 사는 거라고.

하지만 내가 무서운 건 남의 시선이 아니다. 나는 내가 무섭다.

엄마 아빠는 내일 돌아오신다.

명문 기숙고등학교에 다니는 언니는 주말에만 집에 온다. 부모님을 실망시킨 것보다 언니에게 큰 부담을 준 게 내 마음을 더 무겁게 한다. 대형 사고를 친 동생 때문에 반항 한 번 못 해보고 성인이 될 우리 언니. 장래에 대한 부모님의 기대가 더욱 커질 언니. 제 미래에 세 식구의 행복을 짊어진 우리 언니. 아니, 내 아기까지 네 식구의…… 언니의 짐을 덜어주기 위해서라도 내가 빨리 독립해야 하는데.

막상 일이 이렇게 됐을 때…… 내겐 선택지가 없었다. 어쩔 수 없이 아기를 낳긴 했지만 난 아무래도 엄마 자격이 없는 사람 같다.

억지로 우유병을 물려 아기를 재우고 스마트폰을 들여다본다.

포털 사이트의 싱글 맘 싱글 대디 회원 수 1위의 카페에 들어가 로그인한다.

멍하니 새 글을 찾아 읽는다. 창을 앞으로 돌려 또 다른 글을 찾아 읽고…… 몇 번을 그렇게 반복하다가 막 올라온 글을 클릭한다. '용인 동백 지역. 아기 용품 다 드림.'

수지 사는 싱글 맘입니다. ^^

이제 36개월 된 저희 아기가 전에 쓰던 물건을 정리하려는데, 기왕이면 저처럼 혼자 애쓰는 싱글 부모님께 드림하고 싶습니다. 아기 걸음마, 흔들목마, 식탁 의자, 미아방지 가방 등입니다. 저 역시 중고로 산 것들이라 사용감 있어서 처음 문자 주신 분께 몰빵으로 다 드리겠습니다. 번호는 010-111-1111입니다. ^^

나도 모르게 문자를 보내본다. 막 올라온 글이라 조회 수는 아직 11이다.

—혹시 드림할 분 찾으셨나요?

—아직이요. 쫌 전에 글 써서요.

—그럼 저 주세요!^^

—네에~ 알겠슴돠~^^

연락처를 주고받은 후 부모님이 돌아오시는 내일 받으러 가기로 약속한다.

소년의 이야기

약속을 기다리며 이어폰을 귀에 꽂는다. 라디오 어플을 열고 즐겨찾기로 저장해놓은 '배철수의 음악캠프'를 다시 듣는다. 내 유일한 취미는 라디오 듣기다. 유료 음원 사이트는 아무래도 부담스럽다. 정액제로 무제한 음원 재생이 가능하지만 매달 만원 이상 고정 지출이 생기는건 곤란하다. 게다가 온갖 재능과 매력을 뽐내는 아이돌의 세련미 넘치는 음악에는 왠지 모를 괴리감이 느껴진다. 팝, 그것도 올드 팝을 소개하는 라디오 프로그램을 주로 듣는 이유다.

짧은 오프닝 멘트에 이어지는 어쿠스틱 기타 연주 그리고 아무런 기교 없이 이야기를 들려주듯 노래하기 시작하는 젊은 남자의 목소리. 담백한 그 음성 위로 부드러운 비올라 선율과 피아노 연주가 얹어지고 피아노에 올라탄 무거운 드럼 소리가 내 가슴을 친다. 저 사람은 무엇을 이토록 맑고 깊게 말하고 있는 것일까. 3분쯤 시간이 흐르고 노랫소리가 작아지며 DJ가 말한다.

"제임스 테일러, 〈Fire and Rain〉."

앗, 다가온다. 라디오 어플을 끄고 얼른 이어폰을 뺀다. 깜찍한 소녀다. 우리 집을 방문하기로 했던. 점잖고 멋스러운 중년의 남성과 함께다.

소녀가 작은 쇼핑백 두 개를 들고, 큰 장난감들은 남자와 내가 나눠 들고 주차장으로 향한다. 트렁크에 쇼핑백과 장난감들을 다 실은 뒤 소녀가 남자에게 말한다.

"아빠, 먼저 가요. 진주 만나기로 했으니까 같이 아이스크림 먹고 갈게요."

남자가 소녀에게 오만원을 건넨다.

"울 애기 늦지 말고. 혹시 너무 늦으면 아빠한테 전화해. 젊은이, 잘 쓸게요. 고마워요!"

남자가 내게 악수를 청한다. 나는 그의 손을 잡으며 고개 숙여 인사한다. 후진했다가 주차장을 빠져나가는 남자의 차를 바라보던 소녀가 날 보며 묻는다.

"오빠, 나랑 아이스크림 먹으러 갈래요?"

나는 지금 그 깜찍한 소녀와 함께 아이스크림가게에 앉아 있다. 우리 앞에는 각자 하나씩 아이스크림컵이 놓여 있다. 내가 묻는다.

"아까 아빠한텐 뭐라고 한 거예요?"

"이 아파트에 진주라는 친구가 살거든요. 중학교 친구인데, 사실 학교에선 안 친했어요. 이 아파트 임대잖아요? 이런 데 사는 애랑은 어울리기가 좀 그래서…… 근데 진주도 원래 강남 살다가 집안이 망해서 여기로 이사왔다고 하더라구요. 친구도 없는 주제에 임대 따지고 뭐 따지고. 나 좀 싸가지죠?"

"뭘, 그럴 수도 있죠."

소녀는 쑥스러운 듯 미소를 짓다가 말을 잇는다.

"근데 걔가 의외로 착하더라구요. 나 애기 낳고 돌아왔을 때 유일하게 전화해준 친구예요. 아빠도 아니까 나 여기 두고 간 거예요."

"남자랑 단둘이는 못 있게 해요?"

"그런 거 물어본 적 없어요. 아마 안 된다고 하겠죠? 아니면…… 케바케일지도?"

"음."

"사실 애기 땜에 혼자서는 누구 만난 적이 별로 없어요. 진주 말고는요. 영통 친구들한테는 애 낳았다고 말할 수가 없어서 연락을 못 하고 있어요. 아, 원래 영통 살았거든요."

"아~ 영통에서 이사왔구나. 그러고 보니 나도 그렇네. 누구 만날 시간이 진짜 없어요. 난 매일 저녁 일을 나가니까 엄마가 우리 아들을 데리고 자거든요. 엄마가 오늘 평소보다 일찍 왔다 갔는데 대박 사건이네요."

이상하게 나 약간 업되네?

"오빠는 싱글 카페에서 연락하는 친구 있어요?"

꼬물꼬물 말하는 모습이 왜 이렇게 귀여워?

"없어요. 글 올린 것도 오늘이 처음이었어요. 그동안은 맨날 눈팅만 하다가……"

입가에 나도 모르게 아빠 미소가 번지고.

"아기 장난감이 별로 없는데, 너무 고마워요."

"몇 개월이에요?"

"우리 딸이요? 만 11개월이에요."

"딸이구나. 예쁘겠다."

"얼굴은 안 예뻐요. 누구 닮았는지도 모르겠고."

"어떻게 나랑 아이스크림 먹을 생각을 했어요? 아까 진짜 놀랐어요. 보통 싱글 틴맘들은 경계심이 엄청 많을 텐데……"

"완전 많죠. 남자도 무섭고. 모르겠어요. 나도 어디서 용기가 났는지 불쑥 그렇게 튀어나왔어요."

"그랬구나."

"무슨 말이라도 하고 싶은데…… 얘기할 사람이 없어요. 별 얘기는 아니지만. 진주도 학교 다니고 학원 다니고 시간 별로 없고, 언니한테 얘기하면 언니 공부하는 데 방해될 것 같고…… 모르겠어요. 설명하기가 좀 어려워요. 그러니까, 지금 내가 느끼는 이런 게, 실은 나도 이해가 잘 안 되기도 하고…… 나도 이러는데, 설명도 이따위로 못하는데 다른 사람이 이해가 되겠어요?…… 어쩌다 얘기해보려 해도, 그러면 그럴수록 더 답답해지기만 하고…… 몰라 몰라. 설명이 안 돼!"

"사람이 그리웠나보네요."

"엥?"

"그냥, 그런 거 같아서."

"……그런가봐요. 그런 것 같아요."

그 마음을 모를 리가…… 소녀처럼 나 역시 사람이 그립다. 나야 그나마 냉동창고에서 일하면서 매일 바깥세상에 나와 사람들을 만나지만, 집 안에 갇혀 아기만 키우는 십대 소녀는 얼마나 답답할까.

"오빠는 혼자 살아요?"

"어머니랑 같이 살았었는데 작년에 재혼을 하셨거든. 아, 나 말 놔도 되지?"

"상관없어요. 어차피 오빠가 오빠일 텐데 뭐. 나 열여섯 살이거든요."

"헉, 생각보다 더 어리네."

"내가 노안이에요?"

"그게 아니라, 열여섯이란 나이가 너무 비현실적으로 들려서."

"결국 노안이란 얘기네."

"노안 아냐. 너 예뻐."

"그건 나도 알고."

또다시 나도 모르게 본심이 새어나온다. 하지만 소녀를 꾀어보겠다거나 하는 마음은 깃털만큼도 없다. 그건 이 아이를 두 번 죽이는 거다.

열여섯이라는 나이가 비현실적으로 들린다고 한 말은 사실이다.

내가 열여섯이던 그해 봄, 태어날 때부터 내내 아팠던 남동생이 죽었고, 가을 무렵 아버지와 엄마가 헤어졌고, 겨울이 깊어가던 어느 밤, 누나를 만났다. 누나의 품속에서 나는 현실을 잊었다. 누나는 나보다 세 살이 많았다. 우리는 어느 멕시코 음식점에서 함께 아르바이트를 하면서 알게되었다. 아들이 태어난 후 우리는 누나의 자취방에 살림을 차렸다. 하지만 내가 만 열아홉이 되어 혼인신고가 가능해진 작년에 누나와 갈라섰다. 싱글 틴맘 틴대디가 대체로 그렇게 하듯, 아이는 내 동생이 되어 가족관계등록부에 올라 있다. 나중에 제대로 된 가정을 꾸린 후 바로잡으면 된다. 그게 언제가 될지는 모르겠지만…… 과연 그런 날이 오긴 할까.

아이스크림을 다 먹은 후 커피와 쿠키를 다시 주문하고 자리로 돌아오니 갑자기 울상이 된 소녀가 입을 연다.

"오빠 아기가 예뻐요?"

"그럼, 예쁘지."

나는 아들 덕분에 살아났다. 그때 아이가 없었다면 분명 나쁜 길로 빠졌을 것이다. 아들이 나를 처음 '아빠'라고 불렀을 때, 내 인생은 영원히 꺼지지 않을 빛을 만났다.

"난 모르겠어요, 오빠."

"그래, 모를 때도 있어. 어쩌면 그게 당연한 거야. 계속 마음이 바뀌니까 걱정 마."

"아기가 귀찮고 싫을 때도 있어요?"

"그럼, 있지."

얼른 대답했지만 아이가 싫었던 적은 한 번도 없다.

"미울 때도 있어요?"

"가끔 밉고 그러지. 몸이 힘들고 피곤할 땐 더 그렇고. 다들 그럴걸."

솔직히 가끔 얄밉기는 하다. 뭔가 제 맘에 안 들 때면 이젠 떼를 쓰고 말대꾸도 한다. 그럴 땐 약이 오르지만 돌아서면 그만이다.

"엄마가 일주일 없었는데, 엄마 없으니까 뭐 하나 먹이기도 힘들더라고요. 아기가 너무 안 먹어요. 입이 엄청 까다로워요. 뭐라도 먹여야 하는데, 억지로 먹이지도 못하겠더라고요. 그럴 기운도 없고. 걱정은 되는데 굶다시피 한 애한테 뭐 해줄 것도 없고 계속 똑같은 것만 주고……"

이 친구 많이 지쳐 있구나. 소녀는 다시 말을 잇는다.

"맛이 없어서 그런 것 같은데 뭘 만들 줄도 모르고…… 맘스 카페 같은 데 보면 소금을 좀 넣어주면 잘 먹는다길래 그것도 해봤는데, 소금 넣어도 안 먹는 거예요. 뭘 제대로 만들어줘본 적도 없지만……"

"사 먹여도 괜찮아. 요즘 이유식 잘 나오잖아."

"그런 것도 잘 안 먹더라고요. 배달 이유식도 마찬가지고. 그렇게 안 먹다가 무슨 변덕인지 갑자기 잘 받아먹으면 그땐 또 아기한테 이유식 사 먹인다는 죄책감이 들고…… 조미료랑 방부제 엄청 들었을 텐데, 그런 거 먹고 아프기라도 하면 어떡해요."

"아프면 안 되지."

"그러니까. 지금 그 얘기잖아요."

"그러네."

그래도 나는 아들이 젖먹이일 땐 혼자가 아니었다. 누나와도 행복했다. 지금도 내게 아들은 죽은 동생 대신이고 유일하게 마음 둘 곳이다. 나는 소녀의 텅 빈 마음을, 아마 절반도 이해하지 못할 것이다. 비슷한 처지인 내가 이 정도이니 다른 사람은 오죽할까.

"엄마랑은 맨날 싸워요. 원래 아기 돌 지나면 어린이집에 맡기고 알바라도 하겠다고 약속했거든요. 그런데 내 성격이 이상한 건지 다른 사람은 도저히 못 믿겠더라고요. 아무래도 어린이집에는 못 맡길 거 같다고 하니까 난리를 치는 거예요. 내가 아기 보호자니까 어찌 됐든 나더러 책임지래요. 내가 언제 책임 안 진댔나? 친엄마가 어떻게 그렇게 잔인할 수가 있죠?"

"진짜 좀 그러네……"

맺힌 게 많았는지, 소녀는 금세 울음을 터뜨린다.

"엄만 왜 날 이렇게 괴롭히는지 모르겠어. 결국 엄마 땜에 애기 못 지우고 낳은 건데…… 원래 아기 지우려고 했었어요! 병원도 검색해서 다 알아놨는데!"

"그런데 왜?"

"자궁이 약해서 수술하다가 어쩌면 다시는 아기를 못 낳게 될 수도 있다고 하니까, 엄마가 말리더라고요. 그럼 안 된다고, 무조건 낳으라고."

"그럼 어머님 책임이 있네."

나는 맞장구를 친다.

"엄마는 나 대신 죽을 수 있다나? 대신 죽을 수도 있는 존재를 가진 행복을 나도 알아야 한다고…… 그러니까 그냥 낳으라고……"

"어머님이 잘못했네."

나는 테이블에 엎드려 펑펑 우는 소녀의 등을 토닥토닥 두드려준다.

소녀가 갑자기 고개를 든다.

"근데 오빠, 아까부터 왜 울 엄마 욕해요?"

"내가 언제?"

"엄마 잘못이라면서요?"

"아니지, 그런 뜻이 아니라……"

"이 오빠 진짜 웃긴다? 헐~~~ 울 엄마에 대해 알지도 못하면서."

"그러니까……"

"잘 알지도 못하면서 울 엄마 욕하는 오빠가 정말 이상한 거예요! 알아요?"

"그래, 네 말이 맞아. 내가 나빴네."

소녀는 옆에 있던 냅킨으로 눈물을 눌러 닦더니, 팔짱을 끼고는 나를 노려보며 말한다.

"울 엄마가 어떤 사람인 줄 알아요? 학교에서 품행불량으로 퇴학시킨다니까 교장선생님 앞에서 무릎 꿇고 정학으로 바꿔달라고 빌었어요. 학교로 다시 돌아올 수 있으니 퇴학은 안 된다고…… 우리 엄마가 얼마나 자존심이 센데, 그래도 엄만 날 위해서는 뭐든 다 하는 사람이라고요. 나 임신했다고 쫓아내기는커녕 어차피 벌어진 일이니 광주에 숨어 있지 말고 올라오라고, 당당하게 어깨 펴고 동네 공원에 유모차 밀고 다니라고, 남들이 쳐다봐도 신경쓰지 말라고 그런다고요. 물론 스무 살 되면 무조건 독립하라고 잔소리 쩔지만 그건 다른 문제고. 오빠가 뭘 안다고. 잘 알지도 못하면서."

잘 알지도 못하는 내가 닥치고 반성하는 와중에 때마침 소녀의 스마트폰에서 메시지 수신음이 울린다.

"엄마네. 아, 진짜…… 짱나, 정말…… 왜 맨날 나한테 이래? 언니 픽업하러 가는 길에 들러서 나 태워가야 하니까 단지 앞으로 5분 후에 나오래요. 애기 데리고 온다고. 아, 왜 이렇게 빨리 오고 난리야. 오랜만에 나왔구만…… 꼭 이런다니까."

순식간에 기분이 바뀐 소녀는 다시 천진한 웃음을 띤다.

"오빠, 가끔 메시지 보내도 돼요? 나 애기 키우는 친구가 없어서."

"그럼, 나야 고맙지."

"아기 용품 잘 쓸게요! 오늘 왕득템이다!"

잠시 아파트 단지 앞에서 엄마 차를 기다리던 소녀가 사라지고, 나는 이어폰을 귀에 꽂은 후 다시 라디오 어플을 켠다.

아까 정지시켰던 부분에서 몇 초가량 앞으로 돌려 노래 제목부터 다시 듣는다. DJ의 목소리.

제임스 테일러, 〈Fire and Rain〉.

'나는 불과 비를 만났고…… 너무도 환한 햇살이 끝없이 비추던 날도 있었고…… 친구 하나 없이 외로운 시간도 있었다……'

노랫말이 한 편의 시 같은 이 곡은 제임스 테일러의 자전적 이야기죠.

마약 중독으로 재활원을 들락거리던 그는 가까운 친구의 죽음으로 삶의 바닥을 찍은 뒤 하늘을 향해 이렇게 묻습니다.

"신이시여, 혹시 날 경멸하시나요?"

말도 안 되는 거래도 제안해보죠.

"예전에 날 도와준 적 있으니 앞으로도 도와주면 안 되겠습니까?"

신은 결코 목소리로 답해주지 않았지만 그는 이런 자신의 질문을 노래로 만들어 슈퍼스타가 되는 기적을 경험합니다.

갑자기 두 눈이 뜨거워진다. 나 역시 길지 않은 인생 동안 불도 만나고 비도 만났다. 돌이켜보면 그 둘은 늘 함께 왔었고, 내게는 오히려 다행이었던 것 같다. 내가 슬픔으로 불타오르고 있을 때면 비가 따라와 꺼뜨려주었다. 혼자가 되었음에 몸을 떨며 울고 있을 때 새로운 가족이 내 품에 안겼다. 확실히 그랬다. 남은 인생의 시간 동안 또 어떤 불과 비를 만날지 모르겠지만 이런 식이라면 적당히 울고 적당히 웃으며 지나갈 수 있을 것 같다. 확실한 건 아들이 태어난 후 내 삶엔 웃을 일이 더 많아졌다는 사실이다.

소녀가 어쩌다 혼자가 됐는지는 오늘 듣지 못했다. 다음에 들을 수 있을까.

열여섯 살 소녀와 연애를 할 마음 따윈 없다. 그건 아들에게 부끄러운 일이므로. 다만 소녀가 얼른 자랐으면 좋겠다.

오늘은 독박육아의 외로움에서 벗어날 수 있게 해준 친구가 생긴 걸로 족하다.

라디오 어플을 잠시 정지시켰다가, 듣고 있던 프로그램을 처음부터 다시 듣는다.

Mr. Radio

E.L.O

나비 사무실이 위기를 맞았다. 사무실을 철수해
야 한다. 건물 전체가 철거된단다.

한동안 재개발 바람이 불어 뉴타운이니 재개발 촉진지
역이니 신나게 구역을 지정하더니, 언제부터인가 하나 둘,
구역 해제가 되고 있다. 나비가 입주해 있는 낡은 아파트
상가도 재건축 예정지였다. 혹시나 하는 마음으로 구역 해
제를 기다려봤지만, 결과는 그 반대로 나타났다. 2015년
대출금리가 2퍼센트 대로 낮아지면서 부동산이 전에 없던
호황기를 맞자 정체되어 있던 사업에 속도가 붙은 것이다.
대지 지분이 커 끝내 협의해주지 않을 것 같았던 조합원들
에게서 극적으로 사인을 받아낸 건설회사들은 어느새 아
파트 분양을 앞두고 있다. 공급이 수요를 넘어선 지 이미
오래인 아파트는 더이상 수익성이 없으니 어쩌느니 뉴스에
선 매일같이 떠들어대지만, 일생이 세입자 처지인 나비로

서는 이러나저러나 분통만 터진다.

나비는 사라져가는 것이 싫다. 종이신문을 여태 보는 것도, 인터넷 검색에 능숙하지 못하기도 하지만 무엇보다 '종이에 인쇄된 글자를 읽는 것이 좋아서'이다.

"세상이 왜 이렇게 빨리 바뀌지? 옆 건물 사무실들만 해도 그래. 맨날 인테리어 다시 하고, 그러고도 또 리모델링하고 난리잖아. 새집증후군은 생각 안 하나? 미세먼지, 초미세먼지, 환경호르몬이 암과 불임을 유발한다고. 인간의 삶에 있어서 제일 중요한 건 건강이야, 건강!"

나비는 수화기를 들고 애먼 데다 소리친다.

"사무실 청소는 하냐?"

수화기 너머 김형사가 묻는다.

"지금 그게 친구한테 할 말이야?"

"그래서 내가 뭘 어떻게 도와주랴?"

"김형사, 옴부즈맨이라고 들어는 봤는가? 끗발 날리고 잘나가다가도 비리 제보 하나면 한 방에 훅 간다. 그게 정의라는 거다."

전화는 어느새 끊겨 있다. 이게 자본주의 사회의 민낯인 걸까. 전화요금 때문에 친구의 전화를 그냥 끊어버린다. 나비는 웬만해서는 김형사에게 먼저 전화하지 않는다. 보통은 전화해달라고 문자를 보낸다.

분노를 억누른 나비는 다시 문자를 보내는 대신 전화기의 버튼을 누른다.

"김형사, 나비도 바쁘니까 짧고 굵게 지르겠다. J일보 강북지역 광고 담당자 네 대학동기라고 했지? 걔한테 연락해서 광고 전단 넣는 비용 네고 좀 부탁한다."

"조서 쓰느라 바쁘다. 문자 남겨놓으면 이따 확인하고 연락하마."

다시 전화가 끊긴다. 어휴. 손가락 두꺼워서 문자 한 줄 치는 데 10분 넘게 걸리는데.

"세상이 이렇게나 타락한 건가? 친구랑 연락하는 데 기계 나부랭이나 들여다보며 해야 하다니…… 세종대왕이 이러라고 한글 만들었나? 글자는 기계가 아니고 종이에 써야지!"

중국 발 황사에 맘 편히 숨쉬기도 힘든 나비는 오늘도 홀로 외친다.

"나비는 청정지역만을 날고 싶다!"

분노 섞인 나비의 외침이 초미세먼지 날리는 사무실 공기 사이로 사라진다.

"제길, 김형사…… 인생의 라이벌…… 친구보다 가까이

둔 적…… 악의 축…… 나비의 사랑을 빼앗은 도둑놈……
솔직히 잘생긴 건 인정하니까, 그래, 꽃거지…… 죽일
놈……"

나비는 중얼중얼하며 두툼한 손으로 한 자, 한 자, 폴더
폰 위의 글자 버튼을 누른다.

—세종대왕의 혼을 담아, 죄인을 사랑하는 마음으로 김
형사 너에게 문자를 쓴다. 김형사 너도 알겠지만 사무실 운
영에 큰 위기를 맞았다. 상가가 재개발로 철거된단다. 권리
금은커녕 보증금도 다 날리게 생겼다. 아, 보증금은 월세
때문에 까인 거다. 그래서 고소는 하지 않을 생각이다. 6개
월 치 월세가 밀렸다는 사실은 네게만 오픈하겠다. 빚지고
는 못 사는 게 나비니까 꼭 갚겠다고 건물주 앞에서 다짐
했지만 건물주가 보증금에서 까줬다. 만능 해결사 나비는
이대로 무너지지 않는다!

무려 1시간에 걸쳐 쓴 문자였건만, 김형사의 답장은 너무
도 무성의하다.

—광고비 예산은 있냐?

내 참 더러워서. 지금까지 나비는 한 번도 김형사에게 먼
저 손을 벌린 적이 없었다. 늘 제 쪽에서 먼저 계좌로 꽂아
주었다. 나비는 김형사가 평소에 자신을 무시한다고 느낀

다. 이 말투 봐봐. 광고비 있냐고 묻는 이 냉정한 말투. 나비에게 돈이 없다는, 한마디로 거지라는 전제를 깔고 확인하듯 찍어내리는 물음표가 아닌가?

—자랑스러운 대한민국 국민의 한 사람이며 꼬박꼬박 세금 납부할 의사가 있는 사업가로서 너 따위 아기 아빠한테 나비의 재정상태를 밝혀야 하나? 고깟 형사 나부랭이한테?

나비의 분노가 폴더폰 위를 뜨겁게 흐른다. 다시 1초 만의 답장.

—돈 하나도 없냐?

나비는 눈물로 답장을 쓴다.

—그래.

—오키.

오키? 역시 김형사는 수준이 낮다. 나이 마흔에 쪽 팔리지도 않나? 애들 속어나 쓰고 앉았고? 자식 키우는 아비 행세로 숨겨놓은 애조차 없는 노총각 나비를 약 올리는 거다. 넌 이런 말 모르지? 메롱~~ 언젠가 때가 되면 복수할테다.

"애 많은 게 자랑이냐. 어휴, 너도 안됐다. 울 엄마가 나비 키우면서 명이 20년은 줄었다고 밤마다 소주병 까시던데. 넌 애가 넷이니 제아무리 백세시대라 해도 가만있자, 얼마 안 남았구만. 갈 날 얼마 안 남았어. 흑흑 흑흑."

나비는 군데군데 다 터진 레자소파에 누워 며칠 전 점포 정리하는 1층 슈퍼에서 싹쓸이해온 땅콩샌드 하나를 뜯는다. 과자 여섯 개를 한입에 먹어치운 후,

"잠이나 때리자."

한 줄의 문장을 내뱉기도 전에 나비는 잠이 든다.

꿈속에서.

나비야, 나비야, 이리 날아오너라. 나비를 부르는 목소리. 나비가 훠이훠이 다가가면 호리호리한 몸매에 검은 옷을 입은 설현 스타일의 여자가 서 있다. 어라? 갓을 썼네? 간지 나는데? 그건 그렇고 분위기가 심상찮은 것이 혹시……

"당신 저승사자요?"

"저승계의 김태희, 미세스 리라고 한다."

"다소 시대착오적인 닉네임이군요. TV 안 보시나봐요? 앞서가는 분이라면 저승계의 설현, 저승계의 쯔위라고 해야지."

"내가 연식이 좀 됐다. 쯔위는 딸뻘이로구나."

"그나저나 왜 나비 앞에 있는 거죠? 이거 꿈 맞죠?"

"꿈에서 데려가는 게 정석이다. 속세에선 심장마비로 판정받겠지."

"날개 한 번 제대로 못 펴본 나비한테 이게 무슨 무례한 급만남인가요? 미세스 리 외모가 딱 나비 스타일이긴 하지만, 나비는 안 따라갈 테다! 정말이지 오늘 여러 번 분노하네."

"네 형제를 찾아라. 네게는 형제가 있다."

"저승사자가 인간의 죽고 사는 문제에나 관여해야지, 이산가족 찾기에는 왜 나선대? 오지랖도 넓어라. 아파트 부녀회장이 따로 없네."

"한번 따라가볼 텐가, 나비? 냅다 끌고 가볼까나?"

손을 뻗는 미세스 리를 피해 뒤로 주춤 물러서면서도, 이승이고 저승이고를 떠나 아름다운 여인의 저 손은……아, 잡고 싶다.

"전생에 부자관계였던 너와 네 형제는 이번 생에 어떤 임무를 띠고 한국이란 나라에 쌍둥이로 태어났다. 나는 죽은 자를 인도하는 일 외에도 전생의 사연과 운명 길을 보고 후생을 배치하는 일을 함께 하고 있다. 하늘나라의 멀티플레이어인 셈이지. 그런데 생시 입력 과정에서의 실수로 너희 형제가 헤어지게 되었다. 속된 말로 팔자가 꼬인 것이지. 업무를 깔끔히 처리 못 한 내 잘못을 사과하기 위해 지금 이렇게 널 찾아왔다."

나무처럼 서 있는 미세스 리의 검은 옷이 날갯짓을 한다.

"이게 꿈이여, 생시여?"

나비는 고개를 흔든다.

"차후에 다시 오겠다. 나비, 형제를 찾아 네 인생의 다음 챕터를 열어라."

"얼~~ 고급진 표현~~"

나비는 떠나는 미세스 리를 홀린 듯한 표정으로 바라본다.

나비는 만능 해결사이자 아티스트다.

만능 해결사 나비의 사무실을 두고 누구는 흥신소라고도 하고 심부름센터라고도 한다. 명칭이야 뭐라고 부르든 상관없다. 그러나 업무에 대해서는 할 말이 많다.

나비의 일은 감성과 이성의 적절한 콤비네이션으로 이루어지며 그 조합 안에서 최고의 결론을 뽑아낸다. 일종의 예술인 것이다.

그러나 세상은 나비를 아티스트로 인정하지 않는다. 굶어 죽어가는 예술가에게 쌀과 김치를 주겠다는 취지로 설립된 예술인복지재단에 재정지원신청을 해봤지만 나비는 접수조차 거부당했다. 만능 해결사는 무용, 미술, 각본 등 어떤 카테고리에도 속하지 않는다는 게 담당자가 더듬거리며 설명한 이유였다.

참 나, 예술을 누구 맘대로 카테고리로 나누나. 예술이 무슨 물개, 낙타, 원숭이로 갈라서 서로 다른 우리에 집어넣는 동물인가? 이게 바로 대한민국의 예술 행정가 나부랭이들이 하는 짓이다. 예술에 대한 나비의 신념은 확고하다. 예술은 틀에 가두어질 수도, 가두어서도 안 된다. 결코 카테고리화할 수도, 한 줄로 정의내릴 수도 없다. 예술이 지닌 가장 큰 가치는 뭐니뭐니 해도 다양성. 하루에 서너 차례 큰일을 보며 화장실에서 종이신문을 정독하는 나비는 나름 철학가다. 그러니까 나비 말이, 다양성이란다. 나비는 덧붙인다. 나비는 아티스트라고.

그리고 강조한다. 세상은 나비를 외면하고 거부하지만 예술가에게는 세상의 인정 따윈 중요하지 않다고. 예술가에게 중요한 건 차라리 스폰서라고. 모차르트도 왕실과 귀족의 스폰이 없었다면 성병에 간암까지 걸린 노숙자로 끝났을지 모른다고.

논란의 여지가 있는 단어들까지 언급하며 나비에 대한 이해도를 높인다. 다시 한번 강조하지만, 이건 모두 나비의 생각이다.

나비에게 스폰서만큼이나 중요한 게 있다면 그건 나비 자신에 대한 사랑이다.

삼포세대 오포세대 냉소와 셀프 디스 용어가 난무하는 시대, 자신을 객관적으로 바라보지 않는 나비는 언제나 자기 자신을 사랑한다.

어차피 행복은 주관적인 감정이다. 객관적인 데이터는 개인의 행복의 지표와 별개다.

나비가 이를 증명한다. 자존감이 하늘을 찌르는 나비의 광고 문구를 보라.

'나비만큼 나비를 사랑해줄 파트너, 모든 일을 나비 위주로 진행해주실 스폰서 혹은 동업자를 구합니다!'

벼랑 끝에 선 심정으로 바닥까지 싹싹 긁어모은 팔십만 원을 전단지 제작에 쏟아부었다. 모든 일에는 순서가 있다고, 일단 만들긴 했는데 근방의 지국에 광고지를 넣을 돈이 없었다. 그래서 더럽고 치사하지만 김형사에게 도움을 청한 것이다.

김형사의 친구가 신문사의 강북 지국장으로 있다고 했

다. 친구 아이가. 알아서 해주겠지. 됨됨이며 외모 등 모든 면에서 나비 눈에 거슬리지만, 근본적으로 착한 놈이라 지국장과 짝짜꿍하더니 광고지는 지역에 넓게 뿌려졌다. 하지만 기다리고 기다리던 동업자는 오랫동안 나타나지 않았다. 문의전화는커녕 장난전화 한 통, 스팸전화 한 통이 없었다. 그런데 오늘,

저승사자 미세스 리에게 푹 빠져 허우적대는 꿈을 깨우는 한 통의 전화.

단잠에서 눈을 뜬 터라 C, 욕이 먼저 튀어나올 뻔하는 걸 겨우 억누르고 수화기를 든다.

"만능 해결사 나비 사무실입니다."

"철이 도령이라 하오."

"유선 상담이십니까? 지금 비서와 아랫직원 등등이 잠깐 자릴 비운 터라 대표이사 나비가 직접 전화를 받았을 뿐 일인 사업장은 아닙니다만."

"사무실이 턱밑이구려."

"지, 금, 부, 터, 모, 든, 상, 담, 내, 용, 이, 유, 료, 화, 됩, 니, 다……"

"지금 뭐하는 거요? ARS 흉내라도 내는 거요?"

"상, 담, 료, 는, 십, 분, 에, 십, 만, 원……"

"뭣이오? 바가지가 심한 거 아니오? 그나저나 광고지 보고 연락했소. 상담이 아니오."

"뚝악! 드디어!"

나비는, 먹다가 잠드는 바람에 아직 입안에 남아 있던 땅콩샌드를 뱉어내며 감격한다.

"만나보고 싶소만. 나선철이라 하오."

"말투가 지나치게 교양적이라 어쩐지 세계 최고 교양왕자 나비와 쿵짝이 맞을 듯합니다. 주소 불러드리겠습니다."

"주소는 광고지에서 보았소."

"알겠소. 방문해주시오."

"혹시 내 말투를 따라 하는 거라면 사양하겠소."

나비는 황송함에 테이블에 대고 고개 숙여 인사하느라 바쁘다.

° ° °

내 이름은 나선철. 내 전생을 기억한다.

나는 대한민국 돈암동의 산부인과에서 쌍둥이로 태어났다. 하지만 쌍둥이 형제와 함께 생활한 기억은 거의 없다. 형에 비해 몸이 많이 약했던 나는 개운사라는 절에 맡겨져 스님의 손에서 홀로 자랐다. 지금은 미아리고개에서 디디철학관을 운영 중이다. 내 전생을 기억하는 특기를 살려 공부 삼아 사람들 사주를 봐주다가 이름이 알려져 비즈니스로 이어졌다. 하지만 나는 역술가일 뿐, 혼과 소통하는 영매는 아니다. 다만 자신의 운명은 점치지 못하는 이 분야 사람들과 달리 내 전생과 현생을 볼 줄 안다. 나는 역술을 통계학적으로 접근해 고객의 미래를 예측한다. 이 동네에선 '철이 도령'으로 통한다. 내 전생과 현생, 내생의 퍼즐은 미완성이다. 흩어져 있던 퍼즐 조각들. 그것을 가진 나의 형제를 찾았다. 그가 바로 나비다.

신문 사이에 끼어 있던 반들반들한 모조지 한 장. '만능 해결사 나비 사무실', '동업자를 구합니다!' 나와 완벽하게 똑같은 얼굴이 한 귀퉁이에서 웃고 있는 모습을 본 건 며칠 전이었다. 대체 전단지에 자기 사진은 왜 넣은 걸까?

재개발로 철거를 앞둔 상가의 장기 입주자인 자신은 억울하게 쫓겨날 상황이며 사무실을 나눠 쓸 동업자를 찾고 있다. 다만 자차 없고(참고로 면허도 없단다) 갑갑해서 지하철을 싫어하니 창동 자택에서 버스가 닿는 십 킬로미터 이내 동네여야 하며, 사무실에서 숙식 가능해야 하며, 세부적인 협의사항도 되도록 자신에게 맞춰야 하고, 비록 악조건이지만 자신의 비전을 보고 투자한다는 마인드로 접근해달라는 내용이었다. 만능 해결사라, 형 역시 타인을 돕는 인생길을 걷고 있구나.

드디어 형제를 찾았다. 하지만 왠지 망설여진다. 중년의 나이. 이제 와서 내 일상을 흔드는 변화는 달갑지 않다. 형은 내 존재를 모르고 있는 게 분명하다. 물론 쌍둥이는 그 실존의 근본이 하나이기에, 부모 자식보다 더 끈끈한 애착이 있다는 말을 나는 믿는다. 마음속 갈등과 무관하게 내 손은 벌써 전단지 속의 전화번호를 누르고 있다.

"만능 해결사 나비 사무실입니다."

。 。 。

아무리 꿈속에서라지만, 미세스 리는 이중플레이를 했다. 철이 도령에게 나비를 찾도록 세팅해놓고, 나비에게도 형제가 있음을 찔러준 것 아닌가. 잃어버린 형제 어쩌고 해가면서 무척이나 드라마틱하게 서로를 받아들이도록, 이른바 공사를 친 것이다.

나비는 믹스커피가 든 종이컵에 따뜻한 정수기 물을 붓는다. 긴 댕기머리에 개량한복을 입은 철이 도령이 소파에 앉아 있다.

도령이 뻘쭘하게 쳐다보자, 나비는 자리에 앉으며 얼른 말한다.

"여기는 셀프라…… 초면에 실례지만 나비가 워낙 솔직한 성격이라 한 말씀 드리자면, 참 센스가 없으시네요. 벽에 셀프라고 써놨는데."

벽에 굵은 매직으로 써놓은 걸 도령 역시 막 본 참이었다. 음료는 셀프. 마주 앉은 도령이 답한다.

"커피는 사양하겠소. 심장에 좋지 않소."

도령은 다짜고짜 설명을 시작한다. 자신은 전생을 읽는 능력의 소유자로, 형제의 존재를 인지한 후 여러 루트로 확인받았고, 무엇보다 이 사무실에 들어서면서 나비를 보자마자 거역할 수 없는 운명을 보았다고 했다. 자신과 완벽하게 일치하는 나비 얼굴에.

"인간은 참으로 어리석은 짐승인가보오. 매일 거울을 보고 지냈건만, 당신을 만나 처음 알았소. 내가 지금까지 얼마나 슬프고 혐오스러운 얼굴을 하고 살았는지. 왜 길에서 만난 아이들이 날 보고 울음을 터뜨렸는지…… 엘리베이터를 타려고 다가가면 왜 먼저 탄 여성이 무자비한 속도로 닫힘 버튼을 눌러댔는지…… 그야말로 고독한 살인 청부업자가 따로 없다 싶소."

도령이 잠깐 입을 다물자, 곧장 나비가 시작한다.

"일단 철이 도령 스토리 재미지게 잘 들었네요. DNA 검사라든가, 호적 등본도 없이 다짜고짜 헤어진 쌍둥이라 하시니…… 차림새도 시대에 뒤떨어지지만, 한물간 빈티지 업종인 무당과 문명 진화의 정점인 만능 해결사가 꼴라보하기는 좀…… 나비 그릇이 아무리 커도 쪼까 후달리네요 잉?"

"무당이 아니고 점술가요만."

"어머, 도령님 성깔 있으시다. 도령님 친구 없죠?"

도령이 대답하려 하는데,

"어쩐지. 생긴 게 벌써 맛탱이 갔는데 성질도 드러…… 깨끗하지 않으시니 해결사로서 딱 사이즈 나오네요."

나비는 다 식은 믹스커피를 홀짝거리며 계속 지껄인다.

"나비는 아티스트거든요. 아티스트는 본디 세상의 오해를 많이 받지만 철이 도령은 한술 더 뜨시네. 어쩌면 그런 면에서…… 나랑 핏줄적으로다가 얽혀 있다는 그 말이…… 조금은 그럴듯도 하네요."

"그래서 나비 양반, 내가 어찌 도우면 되겠소?"

도령은 고무신을 벗고 소파 위에 양반다리를 하고 앉는

다. 나비도 제법 진지한 톤으로 목소리를 바꾼다.

"아무래도 계통이 예술계와 귀신계로 나뉘다보니 협업이 쉽지는 않겠네요. 그럼에도 나비, 큰마음으로 괴수를 품어보려 합니다. 먼저 나비 입장을 말하자면 일단 새 사무실이 필요합니다. 아 참, 업무적인 대화는 똑 떨어지는 다나까 체로 가겠습니다. 나비가 〈진짜 사나이〉 팬이기 때문입니다. 나비는 현재 사무실 해결이 최우선이고, 다음으로는 스폰서입니다. 나비는 만능 해결사이자 예술가로서 나비를 지원해줄 스폰서가 필요합니다. 나비의 업무가 일종의 예술인지라 돈이 안 됩니다. 돈을 쓰면 썼지 벌기는 힘든데다, 버는 족족 자신에게 재투자합니다. 예술가는 돈의 노예가 되어선 안 된다는 게 나비의 신념이기에 스폰서의 돈을 쓴다, 이 말씀입니다."

"참으로 뻔뻔하시오."

도령은 한심함에 혀를 찬다.

"마지막 조건은 나비 사랑입니다. 나비를 나비만큼 사랑해주어야 합니다. 천하의 위대한 예술가 치고는 참 소박하지 않습니까?"

"생애 처음으로 멘붕을 경험하오."

도령은 말마따나 혼이 나가 있는 듯하다. 나비는 우아하게 웃는다.

"그나저나 아까도 말씀드렸지만, 철이 도령님 정말……
못생기셨네요."

"우리 일란성 쌍둥이요."

도령은 서로가 슬플 뿐인 진실을 토해낸다.

"아시아 북중미 최고의 미남 나비와 일란성 쌍둥이라는
설정…… 캬캬캬, 다양성을 중요시하는 아티스트로서 철이
도령의 상상초월 아이디어에 찬사를 보냅니다! 당 떨어져서
잠시만."

나비는 책상 서랍에서 땅콩샌드를 꺼내와 역시 혼자 먹
는다.

"나비의 제안 잘 들었소. 이제 내 차례구려."

도령은 주술을 읊듯 중얼거린다. 사무실은 자신의 철학
관을 함께 쓰자. 최신식 오피스텔이고 70평형이라 좁지 않
다. 대신 나비 또한 도령을 도와야 한다. 자신의 영적 상담
에 해결사로서의 객관적인 시각을 보태달라. 그 대신 나비
의 요구대로 스폰서가 되어주겠다. 월세를 따로 받지 않겠
으며 상담료의 절반을 떼어주겠다. 그와 더불어 기초생활
비 명목으로 월 이백만원씩 지원해주겠다. 6개월을 이 방
식으로 운영해본 후 협업 내용은 변경 가능하다. 이사는

당장 내일이라도 좋다.

"콜!"

나비는 땅콩샌드 봉지를 들어올리며 외마디를 지른다.

॰ ॰ ॰

속전속결 이사 후 급격한 허기를 느낀 나비는 도령에게 회식을 제안했다. 돈암동 맛집을 추천해달라고 하자 도령은,

"돈암동 하면 즉석 떡볶이요."

"상당히 마음이 어두워지네요. 떡볶이는 나비와 격이 맞지 않아서 정중히 거절합니다."

"카레덮밥이나……"

"고기로 갑시다!"

"고기라면 닭칼국수도 괜찮은 집이 있소."

"삼겹살 때리자고! 척 하면 척, 회식 하면 삼겹살이지! 무당이라 세상 돌아가는 것도 모르고…… 센스 똥이구먼."

우여곡절 끝에 프랜차이즈 대패삼겹살집에 도착해 바삭바삭하게 구운 삼겹살 8인분을 초장과 미숫가루와 간장소스에 콕콕 찍어 숨도 안 쉬고 1시간을 흡입한 나비는 볼록 나온 배를 두드리며 의자에 기대앉아 마주 앉은 도령을 보

며 말한다.

"먹을 만하네, 도령."

"그렇다면 다행이오. 참고로 난 아직 한 점도 못 먹었소."

"저 센스 제로 아재…… 대패삼겹살은 빨리 먹어야 돼. 차돌이랑 똑같다고. 너무 익히면 딱딱해져. 고기 먹을 줄 모르나벼?"

"그 말은 맞소. 절에서 자라 고기를 즐길 줄 모르오."

"아이구야, 스님들이 음식점 가면 반찬 밑에 고기 몇 장 깔라고 하는 거 다 알거든여?"

도령은 갑자기 무게를 잡고 물을 한 모금 들이켠 뒤, 숨을 깊게 들이마셨다가 다시 길게 토해내더니 담담하게 말한다.

"어머니는…… 어떤 분이오?"

"어머니? 누구?"

"내 어머니, 우리의 어머니."

실은 나비도 사무실을 옮기기 전날, 엄마에게 물었다. 나비에게 쌍둥이 형제가 있었냐고. 나비의 말이 다 끝나기도 전에 엄마의 눈에서 눈물방울이 떨어졌다.

"웜마 그 야그는 어디서 들었냐잉? 맞구먼. 쌍둥이였재.

태어나자마자 죽었여. 마침 땜에 난 당최 아무 정신도 없었는디, 깨어나봉께 너뿐인 겨. 하나는 죽었다는 겨. 장례 치를 돈도 읎는디 워디 절에서 대신 뼛가루 뿌려준다고 혀서 안고 갔다 들었재. 쌍둥이는 많이 그런다나벼. 나는 안아보지도 못했네그려, 떠난 내 새끼는.”

처음 듣는 얘기였다. 늘 게으른 나비의 등짝을 후려치고, 심부름을 시키고, 장가가라고 윽박지르기만 하는 강인한 엄마였는데. 엄마의 눈물은 너무도 뜻밖이었다.

나이가 들면 자식들에게 무방비로 ‘나’를 오픈하는 부모들. 늙은 부모는 당신의 이야기를 제대로 듣지 않는다고 서러워하지만, 당신이 같은 말을 반복하고 또 반복한다는 사실은 모른다.

아이들이 어릴 땐 결코 하지 않았던, 그 시절 엄마가 미워한 친할머니, 고모들, 천하의 원수인 아버지에 대한 뒷담화까지.

부모의 안타까운 ‘커밍아웃’에 부담을 느끼는 자식도 많겠지만 나비는 달랐다. 엄마의 약한 모습에 나비는 억장이 무너졌다. 나비가 엄마를 붙잡고 엉엉 울자,

“장가 좀 가라, 이눔의 시키야! 나이가 몇 갠디 사내자식이 눈물이 이렇게 흔해서 워쩔 겨?”

엄마는 나비에게 언제나처럼 손바닥 마사지를 해주었다.

"엄마, 나비는 예술가이자 만능 해결사야. 예술은 인위적이지 않아! 오직 자의식 강한 예술가만이 성공한다고 〈벨벳 골드마인〉에서 그랬다고!"

"니가 그딴 헛소리나 찌끌이고 앉았으니 정신 똑바로 박힌 처자가 붙을 턱이 있겠냐, 이 한심한 시키야!"

엄마의 등 마사지는 언제나처럼 시원~~~했다.

바람이 바람을 부르고 돈이 돈을 부르듯 커밍아웃이 커밍아웃을 부르게 마련일진대, 애석하게도 나비는 그 자리에서 엄마에게 커밍아웃하지 못했다. 새로운 동업자가 나의 쌍둥이, 바로 철이 도령이라고. 커밍아웃한다고 한들, 엄마는 믿지 않을 것이다. 기관에서 찾아준 것도 아니요, 제대로 된 근거도 없는데 말이 되냐고 또다시 시원한 마사지 세례나 받았겠지.

하필 오랜만에 기름진 고기를 흡입하는 중에 이런 심각한 이야기를 꺼내는 걸로 봐서 이 인간도 김형사와 다를 바 없는 인간이다. 김형사…… 나비 인생 최고의 걸림돌. 일생의 라이벌. 비리 없는 깨끗한 형사인 게 허점인, 어떻게든 비리를 만들어주고 싶은 욕망을 불러일으키는…… 한마디로 악마.

저 봐 저 봐, 악마는 제 말하면 나타난다고, 삼겹살집에 떡하니 모습을 드러낸다. 훈훈한 얼굴, 훤칠한 키, 간지 터지는 트렌치코트 휘날리며.

"이봐 김형사, 여기가 패션의 거리 밀라노인 줄 아나? 옷이 대체 그게 뭔가? 초대장 없는 손님이 파티에 등장하면 아일랜드에선 총 맞는 거 모르나?"

김형사는 나비의 멘트는 싹 무시하고,

"말로만 듣던 나비의 파트너 철이 도령이시군요. 처음 뵙겠습니다. 나비 얼굴을 양쪽에서 보게 되니 이거 참 난감합니다, 하하."

나비 옆자리에 앉아 도령에게 악수를 건넨다.

"친구라 하기엔 느낌이 지나치게 다르오. 나비를 만난 후 녹내장이라도 온 듯 앞이 캄캄했는데, 눈이 밝아지는 느낌이 드니 신선하구려."

도령과 김형사는 만나자마자 화기애애하다. 도무지 눈꼴이 시어서 못 봐주겠다. 한참을 잡담으로 분위기를 띄우던 두 사람은 소주를 몇 잔 주고받은 후 약속이라도 한 듯 근엄하게 자세를 고쳐 앉는다.

"철이 도령께서 주신 자료를 바탕으로 추가 조사를 해봤습니다. 병원 기록도 쌍둥이로 남아 있고, 출생신고 시기도 비슷하고, 무엇보다 두 사람의 거울 같은 외모에서 쌍둥이라는 걸 의심할 여지가 없어 보입니다. 의학이 아무리 발달해도 이런 하류층 느낌의 이목구비며 귤껍질 같은 피부는……"

"예술가와 무당 앞에서 의학 지식은 왜 자랑하니? 그런다고 나비가 쫄기라도 할 것 같으냐, 서열?"

서열은 김형사의 이름이다.

"열라 너 같은 얼굴이 한 방에 가요. 늙어서 보자."

악담을 퍼부은 나비는 말하느라 미처 못 다 먹은 고기들을 모조리 입안으로 밀어넣는다.

"나비, 형제 생긴 걸 축하한다."

"대신 인사받겠소, 김형사. 나도 이 나이에 형제가 생겨 무척 기쁘오."

"나비는 잘 모르겠다."

이 와중에 분위기 팍 깨는 나비의 일침.

'내게 재능이 있다면 가족을 위해 쓰고 싶다'라고, 도령은 늘 생각해왔다. 그래서 가족을, 반쪽 형제를 찾기를 갈망했지만 앞으로의 일들에 대해선 감이 오지 않는다. 막상 나비를 만난 후로는 벅찬 기쁨 반 막연한 불안이 반이다.

자신의 앞날을 가늠해보기 위해 철학관을 찾는 보통의 사람들. 예측 가능한 운명은 인간의 삶에 도움을 줄까? 도령은 확신할 수 없다. 그 또한 알아가려 한다. 찾아가려 한다. 다들 무엇을 쫓는지, 무엇을 찾는지 알 수 없는 혼란의 도시 서울, 옛날 옷을 입은 도령은 예측 불가능한 미래로 간다. 날개 달린 자신의 클론 나비와 함께.

"어쨌든, 어머니는 무탈하신 거라 알아도 되겠소?"

생마늘을 씹던 나비가 대답한다.

"그러쇼, 무당 도령."

"언젠가…… 언젠가는……"

도령은 중얼거린다.

셋은 잔을 부딪치고 잔에 든 술을 한입에 털어넣는다. 사무실에 틀어놓고 나온 라디오처럼 그들의 이야기는 계속된다.

You needed me

Anne Murray

만능 해결사 나비와 철이 도령의 연합사무실이 정식 개업 후 업무를 시작했다.

늦잠에서 겨우 일어나 환한 빛에 눈이 부시다.

마음이 아픈 사람은 속을 내비칠 친구가 없는 경우가 많다. 어쩌면 그래서 아픈 것일지도 모른다. SNS에 붙은 수백 수천 명의 팔로어들은 과연 누구이기에…… 전화기에 저장된 몇백 개의 번호들을 훑어보고 또 보아도 선뜻 통화 버튼을 누를 단 하나의 이름을 찾지 못하고…… 내 앞뒤 없는 이야기를 귀 기울여 들어주고, 내 잘못을 비난하지 않고, 내 고통을 한두 마디로 재단하지 않고, 자존심 아작 날 걱정 없고…… 아니, 어쩌면 그저 귀찮아하지만 않아줄 단 한 사람의 친구가 없는, 섬처럼 외로운 요즘 사람들. 그들이 나비의 사무실을 찾아온다.

오래전 나비를 향해 날아온 여인처럼 하늘하늘 아름다

운 한 송이 꽃이 다 터진 레자소파 위에 내려앉아 있다.

나비는 낡은 소파와 서랍이 망가진 철제 책상과 뒤판이 틀어진 책장 등, 얼핏 쓰레기나 다름없는 가구들을 모조리 갖고 왔다. 그 이유는…… 도령에게 가구 수로 밀리기 싫어서였다.

어제는 고사를 지내느라 고객을 받지 않았기에 오늘이 정식 오픈이다. 첫 손님은 나비의 고객이다.

도령은 올해부터 하루 2인 상담 원칙을 고수하고 있다고 나비에게 뜬금포 자랑질을 했다. 두 사람이 한 팀으로 받을 수 있는 케이스는 하루 맥스 네 건으로 합의를 봤다. 며칠 전 사무실을 정리하면서 나비는 저도 모르게 중얼거렸다.

"이 인간, 물려받은 유산 짱 많은가벼. 하루 두 탕 뛰고선 이런 초호화 오피스텔 월세를 어떻게 낸다는 거여?"

"다 들리오, 나비. 그리고 나 고아였소. 유산을 물려줄 사람은 없었소. 다만 벌어놓은 게 좀 있소. 이 오피스텔도 월세 아니고 내 소유요."

"어머 저 인간, 귀신 붙어서 내 머릿속이 다 보이나벼?"

"나비가 크게 얘기했잖소. 다 들렸소. 그리고 난 영매가 아니라 학문으로 운명을 보는, 엄밀히 말하면 통계학자요.

몇 번을 얘기해야 알겠소?"

"니 잘났슈~~ 가만 보면 김형사보다 더한 인간이여, 저 인간은. 나비 알기를 똥으로 안다니까!"

"그 말도 들리오."

도령은 관세음보살을 외며 사무실 바닥을 빗자루로 쓸기 시작한다. 현관 쪽으로 먼지들을 모으고 있을 때, 1층 현관 벨이 울린다.

나비가 파륵파륵 날아올라 모니터를 눈으로 확인하고는 열림 버튼을 누른다.

"드디어 첫 손님이구만!"

이쯤에서 나비와 도령이 새롭게 만들어 돌린 전단지를 소개한다.

언제나 정도의 방법, 평화로운 수단을 추구하는 만능 해결사 나비와 점술계의 혁명, 말이 필요없는 스타 역술가 철이 도령이 연합하여 사건을 해결해드립니다.

대한민국 최초 만능해결사연합 사무실만의 특별한 서비스
– 맥시멈 하루 2Case 처리 원칙!
– 저렴한 상담비와 깔끔한 정액제!
– 방문 상담 : 5만원 (부가세 별도/음료는 셀프)
– 취재 및 수사 업무 상담 : 30만원 (부가세 별도)
– 이메일 상담 3만원 (부가세 별도/답변 내용 컴플레인 및 환불 절대 불가)

– 해외 업무 가능 (수임료 실비위주 별도 청구/부가세 별도)

• 전 세계 누구와도 다른 해법, 오로지 우리 의뢰인의 행복 추구! 때로는 하얀 거짓말도 가능! 당신을 만족시킬 결론만을 찾아드립니다! (단 사건 취지는 사실 위주로 꼼꼼히 합니다. 처리 및 가공 방식은 독창적인 연합 사무실 전매특허임을 보장합니다.)

• 찾아오시는 곳 : 서울시 성북구 돈암동 나비팔잡혔네빌딩 5층
• Tel 02-333-4444

오피스텔의 초현대식 현관문이 열리며 환한 빛이 쏟아져 들어온다.

"여기 동향인가? 아침 햇살이 짜릿하구만!"

또다시 불평불만이 터져나오는 나비의 입에서 순간, 게 거품이 좔좔 흐른다. 크리스마스의 눈처럼 아름다운 여인이 눈앞에 나타난 것이다. 일생일대의 연인, 영적인 멘토, 단 하나뿐인 사랑이라고 여겼던 왕년의 여인은 김형사의 아내가 되어 나비의 한쪽 날개를 찢고 사라졌다. 그럼에도 지금까지 잊지 못한 채 간직하고 살아왔건만 드디어 오늘! 과거는 낡은 사진이 되어 철제 책상 고장난 서랍에 넣을 때가 온 것이다. 이 여인은, 이 여인은, 눈앞의 여인은…… 드

디어 나비 운명의 사랑이다!!!

"철이 도령? 나의 의뢰인님께 커피 한 잔 내주겠는가?"

"음료는 셀프라더니?"

"오늘만이야, 도령. 국수 먹여줄 수 있을지 몰라. 제발 눈치 좀 있고 살자잉? 암튼 고급진 걸로 부탁함세!"

"믹스뿐이외다."

나비는 침을 질질 흘리며 여인을 에스코트해 소파에 앉으라고 손짓을 한다.

"저 쪼잔이 좀 보세요 의뢰인님. 나비가 이러고 삽니다. 자랑하기 민망합니다만 나비가 보통 덕망 있는 청년이 아니거든요. 길게 땋아내린 머리, 개량한복에 버선, 고무신, 항상 같은 압력으로 쫑쫑 당겨매는 만큼 비듬도 엄청 많을 테고, 새치도 아마 많지 않을까요? 얼굴 보면 딱 쓰여 있잖아요? 새치공주라고. 의뢰인님도 아시겠지만, 저러고 다니는 게 한류 열풍에 편승하려는 약아빠진 마케팅 수법이거든요. 가만 보면 한복도 몇 벌 없나봐요. 혼자 완전 콘셉트 잡았어. 저따구 행색으로 다니는 저런 인간이야말로 단일민족국가의 진정한 암이 아닐지. 이거, 꽃보다 의뢰인님 앉혀놓고 너무 심오했나요? 형형, 나비가 이토록 유식집니다."

뿌듯한 듯 혼자 킥킥거리는 나비의 이 사이에, 언제 먹었는지 검은 과자 조각이 끼어 있다.

"애들 아빠도 암 환자였어요."

"아…… 과거형으로 말씀하시는 걸 보니 완치가 되셨나보군요. 축하축하!"

"지난달에 저세상 갔어요."

"아아 참, 이거…… 몸에 밴 친절한 성품으로 축하가 먼저 나왔음을 사과드립니다. 모쪼록 심심한 위로를 건네며, 저승사자 미세스 리 양반은 데려가라 데려가라 노래를 부르는 김형사는 놔두고 어째서…… 이토록 아름다운 아내를 둔 부군은 어찌 눈을 감으셨을지 참…… 가만 보면 저승사자들 업무 스타일이 상당히 야박스럽다니까요."

"좋아요, 저는. 애들 아빠가 가서."

"허얼~~ 반어법 센스 쩔어! 그나저나 역사적인 첫 사건이라 이 질문을 빠뜨릴 수 없습니다만…… 저희 사무실을 어떻게 알고 사건을 맡길 생각을 하셨는지요?"

"지하철역 근처 전봇대에 붙은 광고지를 봤어요. 의뢰인을 행복하게 해주는 결과물, 때론 하얀 거짓말도 가능하다는 내용에서 '이런 미친 사람도 있구나……' 싶었어요. 심부름센터는 보통 100퍼센트 정확한 증거를 위해 의뢰하는 곳인데, 그 근본을 비트는 광고물이 마음에 와 닿았어요."

"오타쿠 기질 만빵이시네요. 대체로 오타쿠들이 외모가 저쪽 구석탱이에 쪽 찐 머리 저 양반처럼 형편없는 경우가 많은데……"

나비는 턱으로 도령을 가리키며 소파에 앉더니, 차분히 숨을 몇 번 고르고는 두 손을 기도하듯 모으고 여인을 본다.

"이런 갑작스런 고백이 어떠실지 모르겠습니다만, 나비가 여기 있습니다. 참으로 먼 길 돌아오셨네요. 원 러브, 원 나비! 오늘부로 나비와 의뢰인님은 하나입니다!"

어느새 도령이 나비 옆자리에 양반다리를 하고 올라앉아 있다.

"의뢰인의 기운을 제대로 보기 위해 잠시 자리잡았소."

도령은 곱게 땋은 머리를 오른쪽 어깨 위로 내려뜨린다.

"이 사람이! 당신 혹시 김형사랑 같은 과 아닌가? 나비 사랑을 훔치기 위해 온 연지곤지 찍은 귀신 아니냐고!"

"난 얼굴에 뭘 찍은 적이 없소만."

"한복 입고 다닌다고 째냐? 나비도 원래 한복 있었거든? 엄마가 곰팡이 피었다고 버려서 없는 거거든?"

둘의 격한 다툼 사이로 꽃이 조그맣게 입을 연다.

"결혼한 지 15년이고, 두 아이가 있어요. 살면서 애들 아빠 핸드폰을 열어본 적이 없어요. 애들 아빠가 핸드폰을 항상 잠가놓기도 했고, 성격상 나도 누가 내 핸드폰 보는 걸 싫어해서요. 그런데 애들 아빠 떠나고 나서 한동안은 아무것도 못 하다가, 아이들 생각에 마을을 추스르고 일어났어요. 그저께 사망신고하고 대리점 가서 비번을 풀어서 확인하다가 알게 됐어요. 여자가 있었더라고요."

"이런 개쓰레…… 의뢰인님, 참고로 나비는 숫총각입니다."

"나비, 그런 멘트는 성희롱이오!"

"매력 어필이거든여?"

둘은 다시 격해지지만 꽃은 아랑곳하지 않는다.

어딘가 붕 떠 있는 듯 영혼 없는 건조한 목소리로 꽃은 말을 잇는다.

"애들 아빠가 식품회사 영업 총괄 관리 일을 했었어요. 나중에는 자기 사업 했지만요. 항상 지방으로 다녀야 하는 일이었지요. 서울 경기 지역 빼고 나머지 영업소 전체를 애들 아빠가 총괄했거든요. 지방 다니면서 영업소 늘리고 유치해야 하니까 술을 매일 마셨어요. 술 많이 마시지 마라, 서울 올라오면 일찍 들어와라, 잔소리는 했지만, 그러려니

맡겨놨어요. 일을 아니까. 몸이 축날까 걱정이었지 다른 걱정은 안 했는데……"

"마음이 외모만큼이나 고우시오."

예측 불허의 순간 도령의 인터셉트!

"핏줄끼리 이러지 맙시다, 도령. 좋은 말로 할 때 물러서라, 알겠냐? 쪽 찐 머리 할멈!"

나씨 집안에 불꽃이 솟아오른다. 꽃은 녹아내리듯 말한다.

"실은 둘째아이 임신 때도 애들 아빠가 바람피우다 걸렸거든요. 그때도 출장 중이었는데, 바지 뒷주머니에 넣어둔 핸드폰의 통화 버튼이 우연히 눌러졌는지, 택시 안에서 여자 목소리가 들려오더라고요. 괘씸하고, 분하고, 배신감에 법원 앞까지 같이 갔었는데…… 타지로 돌며 외로워서 실수했나보다…… 용서해줬어요. 결국 아이들 때문에. 애들 데리고 혼자 살 자신은 없었던 것도 있고. 중요한 순간마다 그랬어요. 망설이고 주저하다가 늦고, 어쩔 수 없다고 받아들이고……"

꽃은 팔랑팔랑 자조 섞인 미소를 띤다. 못생긴 두 얼굴도 따라서 슬픈 웃음을 짓는다.

∘ ∘ ∘

여인과 남자는 대학에서 처음 만났다. 여인이 학부 3년 선배였다. 대학 때는 알고만 지내다가 사회에 나와 우연히 다시 만났고, 반년의 열애 후 결혼했다.

사이월드 미니 홈피가 유행일 때였는데, 한 후배가 결혼식 전날 여인에게 미니 홈피로 몇 개의 쪽지를 연달아 보내왔다.

정유니 선배님께.

안녕하세요. 저는 선배님 과 직속 후배 김숙이라고 합니다. 얼굴도 본 적 없는 까마득한 후배가 이런 쪽지를 보내게 되어 정말 죄송해요, 선배님.

고민고민하다가 선배님께 꼭 말씀드려야겠단 생각이 들어서 과사에서 선배님 사이월드 주소를 알아내어 쪽지 드립니다.

다음 달에 결혼하시는 김준 선배에게 오랜 여자친구가 있습니다. 김준 선배와 저는 문학 동아리 '컬트 동화' 출신이에요. 졸업한 후에도 모임을 이어갔는데, 석 달 전까지 여자친구라고 함께 나오던 사람이 있었어요. 그 여자친구라는 분은 3년 가까이 모임에서 보면서 저와 연락처도 주고받고 친구로 지냈는데, 일주일 전쯤 갑자기 김준 선배가 전화를 받지 않는다고 연락을 했더라고요. 그런데 내가 전화하니까 바로 받더라고요. 그러면서 "나 다음 달에 결혼해. 결혼하니까 앞으로 걘 못 만나지. 결혼식에 넌 올거지? 이메일 청첩장 보내줄게", 이러는데 정말 선배만 아니면 쌍욕 나갈 뻔했네요…… 대선배님 앞에서 죄송합니다. 제 무례함을 이해해주세요.

연락 끊기기 전날까지도 여자친구 방에서 자고 아침에 출근했다는데, 어떤 여자가 과연 자기가 차였다는 걸 알 수 있었을까요?

김준 선배에게 여자친구랑 제대로 정리하고 결혼해라, 그러지 않으면 정유니 선배님께 직접 말씀드리겠다고 경고했어요. 알았다고 했는데 지금 이 시간까지도 여자친구에게 아무 연락이 없다고 해서 제가 이렇게 나섰습니다, 선배님.

저는 결혼식에는 못 갈 것 같아요. 김준 선배를 똑바로 볼 자신이 없네요.

두 분 행복하시길 바랄게요.

그 어떤 악담보다도 몸서리쳐졌던 축복의 말, '두 분 행복하시길 바랄게요'.

어제까지 껴안고 밤을 보냈던 남자가 오늘 돌연히 전화를 받지 않는 상황······ 결별의 수순인 줄은 당연히 몰랐을 데다.

여인은 남자와 길지 않게 연애했다. 하지만 여자친구라는 사람과 연애기간이 겹쳤다.

결혼을 강행한 건······ 실은 이미 첫아이를 임신 중이었기 때문이다.

후배의 폭로에 도저히 감당할 수 없는 고통을 안고 결혼식을 치렀다. 남자에게는 쪽지에 대해 말하지 않기로 작정한 채 비행기에 올랐지만, 하필이면 신혼여행지가 몰디브였다. 그저 푸른 바다 말고는 아무것도 없는 섬. 물 위에 둥둥 떠 있는 리조트 독채에는 단둘뿐이었고, 여인은 발밑까지 들어오는 바닷물을 보며 머리를 담그고 싶다는 충동을 느꼈지만, 뱃속의 아이가 여인을 붙들었다.

"너희 때문에 엄마가 살았다, 너희 때문에 산다, 이런 말로 애들에게 부담 주면 안 되는데 나도 모르게 말이 나와요. 어떡하다보니 저는 애들이 계속 살려주네요. 아이들한테 그런 말을 하는 게…… 너무 고마워서 말이 터져나와요. 자꾸만요."

"잘하시는 겁니다, 의뢰인님. 부모 자식 간에도 말하지 않으면 당연히 마음을 모르지요. 모릅니다. 울 엄마는 나비 혈액형도 몰라요. 태몽도 모른대. 이게 말이 돼?"

나비는 급흥분한다.

"그건 대화의 문제가 아니오. 무관심이오."

"됐거든? 쪽 찐 머리 할망구한테 한 말 아니거든?"

나비는 도령을 보며 메롱, 한다.

"아무튼 의뢰인님께서 부군으로 인해 시련을 겪은 게 이번이 처음이 아니란 사실에 나비는 심심한 위로를 건넵니다. 이런 말씀 뭣합니다만…… 미인박명이다, 미인은 팔자가 세다 등등, 미인을 공격하는 근거 없는 표현들이 한국엔 참 많아요. 이게 사실인지, 연합 사무실 팔자 담당 철이 도령에게 확인해보도록 하겠습니다. 철이 도령 특파원?"

나비는 뜬금없이 상황극에 들어간다.

"팔자란 존재하오. 관상이 하나의 점법인 것도 맞소. 이 모든 조건이 합쳐져 개인의 사주가 결정되는 것이오. 단순히 관상만으로 일반화하기엔 무리가 있소만."

"요점이 뭐죠, 특파원?"

"미인인 것과 팔자는 별개다, 이거요."

"실력이 바닥이군요. 저 인간은 무당업계의 수치네요."

나비는 난데없이 도령을 비난하고는, 어리둥절해하는 도령은 나 몰라라 말을 잇는다.

"유독 초중년복이 없었던 우리의 의뢰인님은 나비를 만난 이후의 삶, 즉 말년복은 넘치리라 예상해보며, 다음 이야기를 들어보겠습니다. 의뢰인님, 계속하시죠?"

나비의 날개가 부릉부릉 시동을 건다.

°°°

배반으로 시작한 결혼생활이 순탄할 수는 없었다. 신혼여행지에서 남자는 고백했다. 자신이 우유부단해서 두 여자 사이에서 갈팡질팡했고, 여인과 결혼을 결정한 후에도 단호하게 이전 관계를 정리하지 못했다고. 납득되지도, 납득하고 싶지도 않은 변명이었지만 사죄하는 남자를 보며 여인은 굴복하고 말았다. 남자에게가 아니라, 남자를 용서해 무거운 마음을 털어버리고 싶은 자신의 욕구에. 몇 개월을 고문한 끝에 남자에게 다시 기회를 주기로 했지만, 마음속에는 여전히 앙금이 남아 있었다.

바람둥이들은 가정에 잘한다. 아이들에게도 잘한다. 그렇게 사각지대를 만들어놓은 후 다른 사랑을 찾아 바깥세상을 떠돈다. 내색하진 않았지만, 내심 남자를 깔보고 괄시했기에 그가 또다시 바람을 피웠을 때도 하늘이 무너지지는 않았다.

"둘째 임신 때 택시 사건 이후로는 통장, 집, 핸드폰까지도 모두 내 명의로 바꿨어요. 애들 아빠가 그렇게 해줬어요. 내 목줄을 네가 쥐어라, 나는 나 자신이 통제가 안 된다 그러면서. 어딜 다니는지, 누구랑 뭘 하고 노는지, 통화 내역이든 문자메시지든 작정만 하면 대리점 가서 알아볼 수 있었죠. 그래서 설마 또 그럴까 하는 마음이 있었나봐요. 그렇게까지 뻔뻔한 남자는 아니다, 언제 들킬지 모르는 상황에서 또 그렇게 바람피울 만큼 막 나가지는 못할 거다……"

여인은 두번째 배반을 기회로 이용했다. 그 참에 모든 재산을 제 앞으로 돌렸다. 시댁에서 해준 집에, 적지 않은 월급이라 아이들과 살기에 충분했다.

"애들 아빠 팔다리라도 자른 듯 이제 됐다 안도했던 게 실수였어요. 처음엔 후련했지만, 얼마 안 가 애들 아빠가 딱해 보이더라구요. 왜인지 모르겠어요. 처음부터 여자가 살림 다 틀어쥐고, 각자 사생활이라곤 없이 이메일까지 공유하는 부부들도 많이 알지만, 솔직히 저는 그러기 싫었거든요. 제 걸 다 보여주기도 싫고⋯⋯ 애들 아빠한테 처음부터 너무 실망해서 그랬을까요. 시작부터 잘못돼서, 중간에 어떻게 바꿀 수 없어서⋯⋯ 아무튼, 내가 키를 쥔 이후에는 애들 아빠가 한없이 불쌍하고 초라해 보이고⋯⋯ 애들이랑 같이 있는 시간이 적긴 했지만 집에 있을 때는 항상 헌신적이고 자상한 아빠였어요. 아이들한테 큰 소리 한 번 낸 적 없어요. 어쩌면 애들만 바라보면서 제 눈은 피한 걸 수도 있지만요. 애들 다 재우고 소파에 앉아 있는 애들 아빠를 볼 때면 늘 어깨가 축 처져 있었어요. 내가 너무 심했나 싶은 게⋯⋯ 지갑에 돈이 두둑한데도 아껴 쓰는 거랑, 달랑 몇 만원 들어 있는 거랑은 다르잖아요. 카드도 다 꺾어버렸으니. 결혼 전에도 쓸 거 다 쓰면서 살아온 사람인데. 그렇게 다시 남편을 받아들이고 별일 없이 5년을 살다가 2011년에 애들 아빠가 위암 선고를 받았어요. 수술하고 1년 동안 항암치료 받으면서는 그야말로 별 생각이 다 들더라고요. 이대로 죽으면 어떡하지? 애들은 어떡하지? 그리고⋯⋯ 나는? 절박하게 매달리고 기도하면서 최악의 경우를 그려보기도 하고⋯⋯ 영원히 곁에 있을 사람은 아니구나, 떠난다 해도 잘 살아가보자, 그렇게 또 아이들과 살 궁리를 하게 되고. 계산적이죠? 그러면서 이제 복수는 끝났다, 언제 떠날지도 모르는 당신을 사랑하고도 난 잃을 게 없다, 그러니 이제는 진짜로 사랑하겠다, 그렇게 결심했어요. 마음이 편해지더라고요. 1년 정도 걸려서 치료가 잘 끝나고, 그때부터는 애들 아빠를 온 마음으로 끌어안았어요. 불쌍한 사람…… 그저 죽지 않고 살아나줘서 고맙다고 했어요. 그땐 정말로 그런 마음이었어요."

나비는 물이 담긴 종이컵을 여인 앞으로 놓아준다.

"항암치료 다 끝나고 재발하지 않도록 관리하면서 쉬고 있는데, 치료가 길어지면서 그만뒀던 직장에서 연락이 왔어요. 세종시에 우유대리점을 내보라고 하더라고요. 집 담보로 오천을 대출받아서 대리점을 차렸어요. 사업장이 지방에 있으니 다시 외박이 잦아지고, 생활비도 들쭉날쭉했지만 어쩔 수 없다고 생각하고 살았어요. 죽다 살아나서인지, 그때부턴 의심도 아예 안 생기더라고요. 대리점 물건 넣고 어쩌고 하는 일로 대출이 필요하다고 할 때마다 아무것도 묻지 않고 담보 잡아 빼주곤 했어요. 생활비 받는 것보다 빼주는 게 아마 더 많았을 거예요, 대리점 차리고 재작년까지 3년간은. 그만큼 애들 아빠가 삶의 의지도 강했고, 덤으로 얻은 인생이다 생각하며 하루하루 열심히 살았으니까. 사업에 얼마를 들이든 얼마를 없애든 개의치 않았어요. 그런데, 우습네요."

꽃은 이파리 같은 얼굴을 떨어뜨린다.

"애들 아빠의 그 모든 수고가 우리 가족이 아니라, 그 여자를 위한 것이었던가봐요. 예전 행실을 보면 모르긴 몰라도 그동안 가져갔던 돈들도 모두 그 여자에게 주지 않았을까 싶어요. 두 사람이 주고받은 문자를 보면, 애틋하기가 그러고도 남겠더라고요."

"그 말씀은…… 문자메시지나 통화 내역을 보고 의뢰인님이 둘 사이를 짐작하셨단 뜻으로?"

"당사자가 죽고 없으니 확인할 길이 없죠. 확실하게는 모르겠지만 내용만으로 볼 때는…… 이렇게까지 사랑하는 사람이라면 뭐든지 다 주고 싶었을 것 같아요. 정말 마지막 사랑이었다면."

"섣부른 추정은 자해나 다름없소만."

도령은 뜨거워진 꽃을 진정시킨다.

"알고 싶어요. 둘 사이가 정확히 어떤 사이였는지. 애들 아빠가 남은 생으로 벌어온 돈이며, 우리 재산의 일부까지 가져간 그 여자가 누구인지. 애들 아빠를 유혹해 빼앗은 돈이 있다면…… 찾을 수 있을까요? 그렇게라도 해야 내 가정을 깨뜨린 데 대한 복수가 되지 않을까요?"

"음…… 의뢰인님의 분한 심정 헤아리고도 남습니다. 김 형사에게 여자, 원 러브, 모든 걸 빼앗겨본 나비도 활화산 같은 분노를 가슴에 품고 산답니다, 흑흑."

나비는 꽃의 손을 덥석 잡는다. 둘의 얼굴이 가까워지자 그 사이로 커다랗고 못생긴 도령의 얼굴이 비집고 들어온다.

"진정들 하시오. 사랑은 돌아오는 거요."

"야, 쪽 찐 할매! 분위기 파악 못 하고 구린 소리 계속 할래?"

"애들 아빠의 여자가 누군지 알고 싶어요. 애들 아빠의 진심이 무엇이었는지도."

꽃은 비장하게 말한다.

"일주일 후까지 결판을 보도록 준비하겠소. 수사비는 부가세 포함 삼십삼만원이오."

사적 감정이 개입되어가던 상담을 도령이 비즈니스로 마무리한다.

···

　일주일 후.

　"번호 두 개를 쓰고 있는 줄은 몰랐어요. 애들 아빠가 끝까지 날 뒤통수쳤네요."

　꽃의 서글픈 웃음소리가 사무실을 울린다. 대낮인데도 어두침침하다. 서쪽으로 해가 넘어가려는 참이다.

　2년 전 겨울, 남자의 암이 재발했다. 병원에서 반년을 약과 싸우고 마지막 반년은 호스피스 병동에서 보낸 후 지난해 겨울, 남자는 영원히 눈을 감았다.

　남자가 휴대폰 속 내연의 여인과 주고받은 문자와 통화 기록은 호스피스 병동에 들어간 후부터 시작되었다. 나비의 수사 결과에 따르면, 남자는 듀얼폰 서비스를 사용하고 있었다. 원래 번호의 핸드폰 화면을 열면 여인과 아이들, 지인들과 주고받은 일상적인 통화 내역과 문자 등이 있었고, 두번째 번호로 화면을 전환하면 최근 반년 동안 내연의 여인과 주고받은 대화가 남아 있다.

　"내연녀는 여인이 아닌, 남성으로 밝혀졌습니다. 의뢰인님."

여인의 눈이 커진다.

"부군과의 대화 내용은 이랬었죠. 몇 년 전에 ○○ 내려오셨었죠? ○○은행에 근무할 때 뵈었던 기억이 있는데…… 대출하실 때 제가 담당자였어요. 이렇게 친근하게 시작되었고, 자기 사진도 보내주고, 아직 결혼을 못한 얘기며, 재미있는 유머 파일도 보내주다가 말을 놓고 친해지고…… 채팅이 약간 도가 지나쳐서 사랑한다, 보고 싶다, 지난주에 행복했다, 너랑 다시 바다에 가고 싶다, 완치되면 꼭 만나자……까지 깊어졌는데, 결론은!"

썰을 풀어놓는 나비와 무게 잡고 앉은 도령은 동시에 비장하게 침을 삼킨다.

"부군께서 속으신 겁니다. 매달 휴대전화요금에서 일정 금액 자동결제가 되는 최신 사기 수법에 걸린 것 같습니다. 두 분은 일종의 상황극으로 서로 만난 것처럼 대화를 했다고 하네요. 실제로 만난 적도 없고 하다보니 당연히 남자인 줄 몰랐던 거죠. 강북경찰서 과장인 김서열 형사에게서 받은 확인서를 돌아가실 때 드리겠습니다. 여자인 척 대화를 걸어와 파일과 사진을 보내고, 그걸 열어보는 순간 스파이웨어가 심어져서 결제가 되는 겁니다. 경황이 없어서 모르셨겠지만, 지금이라도 체크해보십시오. 소액결제로 매달

몇십만원씩 나간 게 있을 거예요. 금액이 커지면 수사가 들어올 수 있으니 십만원 이하로 여러 건씩 끊었지 싶습니다만…… 그리고 남편이 최근 몇 년간 사업 핑계로 빼간 돈은 내연녀에게 준 게 아니라, 수완 부족으로 날려 없앤 게 맞습니다."

여인은 허탈한 눈치다.

"그러니까 애들 아빠의 여자는…… 실체가 없다는 건가요?"

나비와 도령은 동시에 숙연해진다.

∘ ∘ ∘

며칠 전 여인이 의뢰를 날리고 떠난 후 사흘간의 취재와 수사가 끝나고, 나비 사무실에서는 긴급회의가 열렸다.

"도령 의견은 어때?"

"의뢰인의 눈빛에서 읽었소. 답정너."

"고사성어 자꾸 쓸래? 옷이며 스타일이 가만 보니까 도령 너…… 힙스터니?"

"나는 더디고 고상한 학자 스타일의 사내요. 나비처럼 단시간에 친해지고 말 놓진 못하오만."

"또 시작이네, 또 시작이야. 나비가 한자만 모르지 일본어는 도령보다 한 수 위거든? 일드 마니아라고! 돈암동 굴다리 밑 촌 아저씨, 후쿠야마 마사하루가 누군지는 아시나? 아, 그니까 답정너가 뭔 뜻이냐고!"

"답정너는 고사성어가 아니라, '답은 정해져 있고 너는 대답만 하면 돼'라는 신조어요. 의뢰인은 남편의 내연녀로부터 진실을 듣고 싶다고, 남편의 진심을 알고 싶다고 했지만 그녀의 눈은 반대로 말하고 있었소. '이건 완벽히 꾸며진 거짓이야. 남편에게 더이상의 비밀 따위는 없어. 그것만이 진실이야.' 처음에 사무실을 찾은 이유를 본인 입으로 말했듯, 그녀에겐 하얀 거짓말을 해줄 사람이 필요했던 거요."

"역시 점쟁이는 다르구먼. 철이 도령 대단해욧!"

답은 정해져 있었지만 그렇다고 아무 일도 하지 않은 것은 아니다. 의뢰인이 맡긴 일을 정석대로 취재한 바, 여인의 추측은 모두 사실이었다. 내연녀는 실재했다. 슬프게도 내연녀 이전의 내연녀도 존재했다. 지방의 영업소 생활을 하면서 돈이 필요했던 건 이전의 내연녀 때문이었다. 그러니까 남자에게는 여인이 모르는 두 번의 외도가 더 있었음이 밝혀졌다. 하지만.

"내연녀와 마주하고 싶었다면 애초에 간단했소. 전화기

에 찍힌 번호로 다시 걸어보면 되잖소? 하지만 의뢰인은 그렇게 하지 않고 우릴 찾아왔소. 우리에게 대신 정체를 밝혀달라고 한 건, 상처받고 싶지 않다는 의뢰인의 자기 방어용 변명일 뿐이오."

"전문용어 고만 써라잉? 일반인이 쓰는 말로 해라잉?"

"여자의 언어는 남자의 언어와 다르오. 여자들이 하는 말을 글자 그대로 믿으면 절대 안 되오. 모르면 나처럼 공부라도 해야지, 나비를 보면 참으로 안타깝소."

"뭐래. 사후에 재평가받을 예술가 나비에게 꼴랑 점쟁이 주제에 웬 설교? 그러는 힙스터 무당은 여친이라도 있으시냐?"

"진실이 언제나 옳은 건 아니오. 내게 닥친 진실을 보시오. 노총각 호박덩어리 두 개가 둥둥 떠다니는 사무실······ 일터가 생지옥이 되었잖소?"

"표현력 대박! 완전 적절해!"

· ○ ○

여인은 카라 한 송이를 들고 남자의 납골당 앞에 서 있다.

아이들과 괌으로 여행 가서 찍은 가족사진 속 남자는 작은 유리장 안에서 여인을 보며 웃고 있다. 남자가 여보~ 하고 부르는 듯하다. 여인 역시 여보~ 하고 남자를 불러본다.

여보, 오늘 카라 갖고 왔어.

카라 기억하지? 우리 결혼식 부케였잖아. 당신이 볼품없이 마른 날 항상 카라 한 송이~ 하고 불렀었는데. 웨딩앨범은 신혼여행 다녀온 직후에 다 찢어 불태워서 남은 사진이 한 장도 없네.

딱한 사람…… 겨우 마흔다섯 해 살고 갔네. 떠난 지 얼마 안 되어서일까.

애들도 나도 아직은 눈물이 마르지 않았나봐. 그렇게 날 힘들게 했던 당신인데……

당신의 여자에 대해 모든 걸 알았어.

당신 핸드폰에 있는 번호로 당장이라도 전화해서 소리치고 싶었지만 왠지 용기가 나질 않아서 심부름센터에 부탁했어. 누군가와 혼자 싸우기엔 난 너무 지쳤으니까. 그래서 흥신소 도움을 받아서 알아봤어.

이 바보야, 당신이 메일이며 문자를 주고받은 사람은 여자가 아니라 남자였어!

당신에게 여자인 척 접근한 범죄자였다고. 서울시 소속 형사에게서 자세한 내막이 적힌 확인서도 받았어. 당신 낚인 거야. 끝까지 바보처럼…… 당신 정말 바보야.

답답하고 가슴이 아파, 여보.

물을 수만 있다면 묻고 싶어. 대체 당신은…… 마지막까지 누굴 그렇게 찾아 헤맸던 거야? 남은 시간도 별로 없는데, 대체 무엇에 매달려 아까운 생을 낭비한 거야…… 왜 그랬어……

당신이 찾았던 게 내게서 못 채운 정에 대한 갈증이었다면, 진정한 사랑이었다면…… 여보 나는 할 말이 없어. 당신은 항상 누군가를 필요로 했는데…… 당신은 나를 필요로 했는데…… 아마 내가 끝내 당신이 원하는 만큼 곁을 주지 않았나봐.

오랫동안 습관처럼 퉁명스럽게, 늘 그렇게 당신을 대하며 살아와서 비틀린 우리 부부 모습에 익숙해져 있었어. 아마 당신은 내 맘이 변한 걸 눈치채지 못했을 거야. 새삼스럽고 쑥스러워서 내색하지 못했지만, 사실 나 마음이 많이 바뀌었어.

미리 말해줄걸. 당신을 사랑하게 됐다고.

당신의 마지막을 같이하면서 나는…… 처음으로 당신을

사랑했어.

호스피스 병동에서 당신 병 수발할 때, 당신이 몰래 눈물을 훔치는 걸 자주 보았어…… 내가 잠시 자릴 비우면 창밖을 보며 하염없이 울곤 했잖아…… 저녁에 애들이 왔다 가면 환자복을 부여잡고 가슴을 치면서 오열하곤 했잖아…… 그런 건 연기할 수 없잖아…… 그렇게 애들 사랑한 당신이잖아…… 당신이 떠날 때까지 눈을 감지 못한 이유잖아…… 당신 전부였잖아.

나 그 마음 알아…… 애들 사랑한 그 진심이면 됐어…… 결국 나에게까진 오지 않았더라도 나 충분히 괜찮아, 여보…… 투병하는 당신 옆에서, 난 앞으로 혼자 살아갈 걱정은 하지 않았어. 그때 이미 난 많은 것을 내려놓았어. 죽기보다 괴로운 날들도 숱하게 보냈지만, 내 절망에 아이들 운명을 걸 순 없잖아. 그런 마음으로 견뎌냈었어. 당신을 증오하는 힘으로 버틴 적도 많았지. 하지만 나보다 가벼워진 당신의 마른 몸을 닦으며, 작별 준비도 제대로 못하고 죽어가면서도 핸드폰 속 환상에 매달리는 미련하고 가련한 당신을 보며 알았어. 나는 당신을 사랑한다는 걸. 그래도 다행이야. 당신이 떠나기 전날, 당신에게 그 말을 할 수 있어서.

나랑 살아줘서 고맙다고, 당신이 더 살 수만 있다면 내 인생 반이라도 내놓고 싶다고 했던 그 말.

여보, 그 말 진심이었어.

내 남은 인생 반으로 쪼개서 당신과 함께 살 수 있다면……

당신은 내게서 결국 못 찾은 안식을, 당신의 마지막 짧은 삶에서 나는 찾았어, 여보.

말 한마디 곱게 못해 미안해요. 잘해주지 못해 미안해요. 잘 가요 여보. 사랑했어요, 여보.

° ° °

연합 사무실의 첫 업무는 성공적으로 끝났다.

납골당 저 멀리 김형사의 낡은 차가 유리창 너머 여인을 지켜보고 있다. 차 유리엔 온통 하얀 김이 서려 있다.

"김형사, 이 차는 히터가 고장났소?"

조수석의 도령은 오달달 오달달 떨고 있다.

"김형사 너를 보면 장가갈 의욕을 잃는다. 차라리 혼자 사는 게 경제적으로 이득이야. 애들 크는 거 보는 것도 물론 낙이겠지만, 부양가족 먹여 살리느라 고물차 하나 맘대로 못 바꾸고…… 가랑이 찢어지는 빈곤이라고 해야 하나?"

"나비 넌 이런 차라도 있냐?"

김형사가 뒷자리에 길게 누운 나비를 본다.

"나비 무시하냐! 그래 나비 차 없다! 애도 하나 없다! 그래도 몸만은 너처럼 안 더럽고 깨끗하다! 원 러브를 위해 오늘도 위생적으로 기다리는 숫총각이다. 됐냐!"

갑자기 나비가 엉엉 울고, 여인의 차가 떠나는 모습이 보인다.

잠시 후 김형사의 차도 납골당을 떠난다.

"오늘 저녁은 뭘 먹을까……"

낡은 차가 덜컹거리며 토닥토닥 나비를 달래주자, 울음을 뚝 그친 나비는 태평하게 그리고 행복하게 잠이 든다.

사랑에 빠지고 싶다
김조한

이미 오늘을 살지 못하는 너.

나는 오늘도 어제처럼, 작년처럼, 재작년처럼 그렇게 막 살고 있는데, 너에겐 그런 오늘조차 없구나. 등신 같은 나에게조차 허락된 오늘, 하루 하루 넘기고 또 넘겨도 지긋지긋하게 찾아오는 오늘.

그런데 오늘, 내가 계속 이 사실을 몰랐다면 오늘 또한 그저 그런 하루였겠지만, 그게 아닌 오늘, 오늘이 내게는 특별하다. 그 이유는…… 별아.

너를 늘 별아, 하고 불렀지만 사실 별은 네 이름은 아니지. 널 불러본 지 너무 오래기도 하지만 네 이름이 왠지 낯설어. 갈라서기 전부터도 넌 그냥 애 엄마였지. 별이가 없으면 우리 사이…… 너는 내게 왜 그토록 멀었을까?

별. 뜻도 뜻이지만 그저 그 발음이 좋았어. 별, 별아~

하는 그 소리가. 양가 어른들은 애 이름을 아무렇게나 지었다고 반대하셨지만, 그 이름으로 곧장 출생신고를 해버렸지.

제멋대로 사는 별이 아빠, 그제 마흔 됐어.

너 말고 진짜 별이. 우리 딸 별이 말이야.

나 별이를 벌써 2년이나 못 봤는데…… 그 2년 동안…… 첨엔 공동양육권이라도 갖게 해달라, 애 얼굴이라도 보여달라, 계속 우겼지만 안 그러길 잘한 것 같아. 네 말대로 애가 혼란스러워했을 거야. 며칠 단위로 엄마 아빠 집 왔다 갔다 했다면……

올해 초등학교 가야 하는데, 애 학교 보내려면 뭘 어떻게 해야 되는 거냐?

휴우…… 도무지 아무것도 모르겠다.

어제 별이랑 너랑 둘이 살던 집에 갔었어. 네가 전부 바꿔놨으리라 생각했었지.

집이며 차며, 가구까지도…… 그대로더라. 나를 그토록 증오했던 네가 내 흔적이 있는 것들을 그대로 둔 채 살아왔다는 게……

내가 잘못해서 헤어진 거니까 집이고 뭐고 다 줬지. 값나가는 것들은 남아 있지도 않았지만 그래도 당연한 거였어. 네가 별이를 키울 거니까. 아무튼, 집을 팔든가 해서 이사를 했을 줄 알았어.

차까지도 그대로 타고 다녔더라.

나, 지금 그 차 안에 앉아 있어. 경찰에서 수사한다고 압수했던 걸 어제 찾아왔어. 여기 앉아 있는데, 이상하게 붕 떠 있는 것 같은 기분이야. 정말 이상하지. 차 안이 이렇게 멀쩡한데, 뒤 범퍼 살짝 들어간 것 말고는 어디 부서진 데도 없는데 어떻게 사람이 죽냐?

그러니까 경찰에서 차를 가져갔겠지. 안에서 뭐라도 피운 건가, 환각상태였나 했겠지.

별아, 혹시 죽고 싶었니?

차는 너희 부모님께 위임장 받아 내가 인수해왔어. 하루 저녁 주차장에 세워놨다가 조금 전에야 타봤어.

블랙박스에서 SD카드 꺼내서 컴퓨터에 파일을 옮겼어. 동영상 중에서 사고 당일 것만 복사해서 다시 내 스마트폰에 옮겨담았다.

동영상을 재생시켜놓고, 그날의 시간과 똑같은 시간을

달려볼 거야. 내가 운전하는 상황과 동영상 속 상황이 같은지 비교해보면서.

그렇게 네 마지막 행적을 뒤쫓아볼 거야.

금요일에서 토요일로 넘어가는 새벽이었어. 대체 무슨 일이 있었던 거니?

그 시간, 너는 대체 어디서 뭘 한 거야?

나는 지금 아파트 앞에서 기다리는 중이야. 너와 똑같은 장소, 똑같은 시간에 출발하려고.

지금은 네가 죽은 지 꼭 일주일이 지난 금요일 밤 10시 32분이야.

동영상 속 시간을 보니 10시 45분에 주차 녹화가 끊기고 10시 46분부터 주행 녹화가 시작되더라. 근처에 차를 대고 10시 46분이 되기를 기다리며 내비게이션에 기록된 최근 목적지를 찾아본다. 네 마지막 목적지는 동대문 24시간 피부과. 참 나, 24시간 피부과는 또 뭐냐? 찜질방도 아니고 피부과가 24시간씩 하는 거야? 게다가 동대문은 또 뭐야? 수지에도 널리고 널린 게 피부과인데. 정신없네, 이 여자.

10시 46분. 차에 시동을 걸고 천천히 출발해본다.

별이 너라면 늘 그렇듯 아주 천천히 운전했겠지. 새벽을 향해 가는 이 시간의 도로는 그날도 한적했겠고. 다른 차들과 속도를 맞추지 못하는 네 운전습관이 항상 탐탁지 않았어. 매사 지나치게 조심하는 성격 탓이겠지만 혼자 아무리 안전속도를 지켜봤자 아무 소용없다고, 혼자 느린 게 오히려 더 위험하다고 나는 잔소리를 해대곤 했지.

예상대로 스마트폰에 재생되는 블랙박스 영상 속, 네가 달렸던 도로는 슬로모션이네.

한밤중에 피부과를 가겠다고 적막 속을 달리다니…… 거기가 어딘지 일단 가보기나 하자.

영상 속에서 들려오는 라디오 소리만으로는 무슨 프로그램인지 잘 모르겠어. DJ가 뭐라 하는지도 잘 들리지 않는데, 내내 가요만 나오네. 신기하다. 넌 클래식만 듣고 다녔던 공주님이었는데. 나 엑스재팬 좋아한다고 엄청 무시하고 그랬잖아. 요즘 가요는 다 컴퓨터로 찍는 거지 리얼 사운드가 아니라고 싫어했잖아. 요시키는 드러머이기 전에 피아니스트이고, 걔들은 다 리얼 오케스트라 녹음이라고 해도 넌 귓등으로도 듣지 않았어. 너만 악기 아냐? 그놈의 클래식 부심 정통 부심…… 그게 클래식이 망하고 외면받는 이유다, 뭐 그러면서 맨날 툭탁거렸지.

검은 도로 위 하얀 차선을 눈으로 쫓으며, 넌 아마 혼자 이런저런 생각을 했겠지. 라디오에서 뭐가 나오건 상관없었을 거야. 지금의 나처럼. 엑스재팬이니 뭐니 투닥거린 것도 사이가 좋을 때나 그랬지. 서로 만정 떨어진 후로는 무슨 제대로 된 대화나 있었나. 있었대도 지금은 기억도 안 난다.

내가 이렇게 악랄해.

네가 솔직히 예쁘진 않았잖아. 그런데 애지중지 자란 태가 났어. 그런 걸 귀티가 난다고 하나? 트레이너들끼리만 알아보게 고객 리스트에 매겨놓는 점수가 있는데, 넌 딱 평균이었지 아마? 집안 좋다는 소문은 잠시 돌았어. 푸조 몰고 다닌다고도 하고. 플루트 메고 오는 날만 지하철 타고 온 거였고. 악기 들고 다니면 아무래도 좀 있어 보이지.

너랑 만나던 그 시절 난 열등감 덩어리였어. 체대 나온 뒤에도 집안 형편이 안 되다보니, 동기들이 도장 차리고 학원 차릴 때 난 트레이너 사기꾼들이랑 섞여서 헬스클럽 파트타임 뛰고 있었으니까. 겨우 피트니스 자격증 하나 따서는 죄다 단백질셰이크 먹고 몸만 산처럼 키운 놈들 사이에서 이게 뭐하는 짓인가, 자괴감이 컸어. 체대 나왔다고 페이가 더 많은 것도 아니고. 너더러 클래식 부심 어쩌고 했지만 사실 내 체대 부심이 더할 거야. 그러면서도 한남동까지 일 다닌 건 순전히 여자 좀 꾀어보려는 심산이었고. 여자로라도 인생 역전하는 수밖에 없다…… 얼굴 면접까지 보고 들어간 한남동 Lazarus 피트니스 클럽에서 너랑 엮였지. 하필…… 맘에 썩 들지는 않았던 너랑.

인맥 쌓는다, 여자 낚는다, 말이 그렇지 진짜 상류층 애들이 우릴 애인으로 만나준다는 게 말이 돼? 비주얼에 혹해서 친구하자, 술 마시자, 뻐꾸기 날리지만 걔네도 결국 우리랑 그냥 놀기나 하자는 거지. 막 다뤄도 될 것 같으니까. 우리도 다 알지만 혹시나 하는 거고. 그래도 잘하면 나는 성공하지 않을까, 헛된 환상도 품어보면서. 진짜 순수한, 순진하고 예쁘고 몸매 착하고 돈 많은 공주님이 나한테 홀리는 판타지 말이지. 안 될 거 뻔히 알면서도 복권 살 때 혹시나 기대하는 것처럼.

그런 주제에 어쩌다 너랑 만나게 된 후로는 무슨 변덕인지 온갖 핑계를 다 댔었지. 여자 만날 시간 없다, 옛 애인이 양다리 걸친 이후로 여자를 못 믿는다, 호주에 이민 가서 배관공이나 하면서 살 거다…… 별의별 레퍼토리가 다 나오는데도 너는 포기를 안 하더라. 아침부터 밤까지 내 스케줄은 다 꿰고 있고, 클럽 주차장이 만차여서 길 건너 유료 주차장에 차 대놓은 날에는 딱 그 앞에서 기다리고.

있는 집 애들이 오히려 더 당돌하다더니, 널 보니 맞더라.

그렇다고 널 완전히 까버리자니 뭔가 아쉬웠어. 집안이 어느 정도인지 간 보면서 계속 만났지. 날 좋아해서 나한테 트집 잡힐 짓 안 하니 헤어질 이유도 딱히 없었고. 소문대로 집안은 어지간히 받쳐주는 것 같더라. 4년을 질질 끌다가 결혼까지 가는데 또 불안했어.

"오빠 나쁜 놈이다." "너 평생 안 좋아할 수도 있다." "나 자유로운 영혼이야. 이래라 저래라 하면 집 나간다."

"니 맘대로 하세요." "결국 나 땜에 오빠가 울게 될걸?"

내가 너 땜에 울어? 그건 네가 틀렸어. 진짜 그건 아니지. 지금껏 운 적 없다.

반대하는 결혼은 하는 게 아니었어. 어른들 눈엔 내가 양아치인 게 보였던지, 당연히 날 싫어하셨지. 그런데 네가 집에서 어떤 딸이었는지, 장인 장모가 네 말이라면 설설 기더라. 어릴 때 워낙 몸이 약해서 지금껏 건강하게 살아주는 걸로 너 할 몫 했다면서 너는 막무가내로 나랑 식을 올렸지. 부천에 내가 얻은 단칸방을 보고 기겁을 한 장인어른이 수지에 방 세 개짜리 아파트도 장만해주시고. 너는 내 자존심 상한다 어쩐다 해가면서 장인어른 명의로 되어 있던 그 집을 기어이 내 명의로 바꾸고……

그 집 명의 바꾼 사건이 우리한텐 중요했어.

몸 만들고 키우는 직업 가진 인간 치고 허세 없는 놈이 없지. 나라고 뭐 다를까. 월세 내기도 빠듯했던 시절부터 당연히 차는 BMW5 시리즈 이상, 시계며 옷이며 명품만 두르고 다녔지. 사실 마누라가 해온 집에서 사는 게 자랑할 일이지, 명의 때문에 쪽 팔릴 일인가? 누가 등기부 떼어보는 것도 아니고. 결국 내가 그만큼 능력 있다는 증거인데. 어차피 나는 개털인 거 다들 알았고, 너희 집 돈 보고 결혼한 거라고 씹어댔는데, 뭘.

그래도 그때 집 명의 바꾼 게 신의 한 수였지. 그 아파트 담보로 이억 빼서 판교 새 상가에 내 피트니스를 차렸으니까. 드디어 나도 오너가 된 거지.

200평에 위치도 좋았는데, 신축이라 권리금도 없어서 그 돈으로 기구 사고 인테리어 하고 보증금까지 딱 맞췄지.

개업하고 얼마 후에 별이도 생겼어.

아마도 그때가 내 인생의 황금기였던 것 같다.

나는 별이 덕에 그나마 사람 됐지. 아니, 된 척했지. 그 작은 아기가 의지가 되고 동기가 되더라. 정말 신기했어. 별이를 위해서라도 빨리 성공하고 싶은 마음에 온몸이 녹초가 되어 침대에 쓰러져도 아무 상관없었어. 반 흥분상태로 피트니스에서 살다시피 하기를 2년, 회원 수가 엄청 늘었지. 가까운 곳에 2호점도 열고. 돈이 불기 시작할 때 굴려야 된다고들 해서 불안한데도 무리를 한 거지.

결혼 전부터 네가 타던 푸조는 좁다고 처남한테 주고 새로 산 게 벤츠 S500. 그게 지금 내가 앉아 있는 이 차야.

매달 통장에 꼬박꼬박 몇 천씩 찍히니 우리 아주 신났었잖아. 집도 60평짜리로 갈아탔지. 돈 관리에는 자신이 없어서 너한테 다 맡겼지만, 솔직히 너나 나나 도긴개긴이었지. 너도 카드값 통장에서 빠져나가는 거 확인하고 관리비 전화요금 자동이체 신청이나 하는 정도지, 관리형 인간은 아니었으니까. 내가 못하니까 네가 해라 떠넘긴 게…… 내 결정적인 실수였어.

일단 큰 집으로 옮기고 나니 그때부턴 채워넣기 바빴지. 가구 하나를 사도 크고 화려한 걸로 골랐지. 디자인에, 색감에, 마감 처리에, 새가구증후군까지 따져가며, 별이 어머님은 사모님 티 철철 내며 유난이었지.

유모차 밀고 한두 시간 돌다보면 그게 그거고 다리도 아프고 슬슬 짜증이 밀려왔지만 종업원들 굽실거리는 맛에 마구 질러댔지. 이래서 여자들이 그냥 바람이나 쐬러

백화점에 나왔다가 충동적으로 카드 긁는구나 싶더라. 물건도 사보니까 비싼 게 좋더라고. 철딱서니들이었네, 우리 두 사람.

24시간 피부과. 11시 51분. 막 도착했어. 지금 동대문 24시간 피부과 건물 앞이야.

그런데 주차장이 없네. 동대문 도매상가들 사이 작은 건물 4층인 것 같은데. 동영상 속에서 네 목소리가 들린다. 여기 주차장 없어요? 옆에 도매상가 건물에요? 주차권 갖고 오면 돼요? 아, 안 돼요? 아 네, 감사합니다.

나도 너처럼 건물을 두 바퀴쯤 돌다가 결국 옆 건물 주차장으로 들어선다.

엘리베이터도 없이 비좁은 계단을 올라 4층. 사방의 벽을 따라 긴 의자를 둘러놓은 대기실을 지나자, 반짝거리는 피부에 똑같은 눈과 코를 가진 인형 같은 여자들 셋이 나란히 카운터에 앉아 있다가 나를 쳐다보며 웃어 보이네. 병원 안에는 마스크를 하거나 하지 않은 맨얼굴의 여자들이 꽉꽉 들어차 있어. 대부분은 핸드폰을 보고 있고, 일부는 중국말이나 한국말로 이야기를 나누고 있어. 분위기 묘하다.

"안녕하세요? 예약하고 오셨어요?"

"여기 뭐하는 데예요?"

"피부과입니다."

"그러니까, 피부과가 왜 야밤에 진료를 해요?"

"어…… 직장인들이나 외국인 관광객들 편리하시라고 국내 최초로 24시간 운영합니다."

보도자료라도 외우는 듯 인형 미인이 상냥하게 대답해주네.

"집사람이 지난주에 여기 왔었는데, 혹시 의료기록지, 아니 의무기록지라고 하나? 하여간 무슨 진료를 받았는지, 왜 왔었는지, 진단서 같은 걸 볼 수 있나요?"

"개인정보보호 때문에 본인이 오셔야 합니다."

"그래요?"

"네."

"본인한테 사정이 있으면 대리인이 올 수도 있지 않나? 위임장이랑 가족관계증명서 보여주면 관공서에서도 다 되던데?"

"가족이신가요?"

"그러니까 말하자면……"

"음…… 주민등록등본이나 건강보험증은 가져오셨어요?"

"이 밤에 어디서 그런 걸 떼와?"

인형 미인이 미소를 거두고 옆에 있던 인형 미인과 속삭인다. 내 말이 뭐가 잘못됐나?

"본인이 오셔야 합니다."

"그럼 처음부터 그렇게 얘길 해야지. 참 나."

좁은 대기실에 빡빡하게 들어앉은 중국인 관광객들 사이를 겨우겨우 빠져나오는 등 뒤가 왠지 뜨겁군.

등신같이 오밤중에 피부과에서 삽질하고 나와 차 운전석에 다시 앉는다.

천천히 상가를 빠져나와 동대문 디지털 플라자 근처 갓길에 차를 대고 동영상을 확인한 다음, 네 블랙박스 주차 녹화가 끝난 시간까지 기다리는 중이야.

1시간이 좀 더 지나 1시 15분. 녹화된 영상에서 네 차가 출발한 시간에 맞춰 나도 움직이고 있어.

영상 속 내비게이션에서 목소리가 흘러나온다.

'목적지는 집입니다. 도착 예정시간은 오전 2시입니다.'

이 차의 내비게이션은, 집으로의 리턴은 최근 목적지 기록에 남지 않지. 그래서 아까 마지막 목적지가 피부과였던 거로군. 네가 내비를 찍지 않고 갈 만한 곳은 집이나 친정밖에 없다는 걸 알지만, 그래도……

네가 집이 아닌 다른 곳으로 가지 않았을까 했었어.

금요일 밤이었고, 별이는 친정에 맡겼었다고 장례식장에서 처남한테 들었으니까. 이젠 그럴 명분도 없으면서 이상하게도 열 받더라. 애 엄마가 야밤에 어딜 싸돌아다닌 거야. 밤새 어떤 놈이랑 있으려고 애까지 친정에 맡기고……혼자 온갖 욕을 해대며 지랄을 떨었는데 내 오해였구나.

다시 스마트폰으로 영상을 재생시켜놓은 후, 너의 낮은 속도에 맞추어, 네가 지나간 거리를 지나 경부고속도로에 들어선다.

블랙박스가 멈춘 건 새벽 2시 20분. 내비게이션에서 안내한 시간보다 20분이나 늦었다.

지금은 네가 죽기 1시간 전이네.

재생한 영상 속에서는 여전히 라디오 소리가 흘러나오고. 너답지 않아.

언제부터 차에서 라디오 듣고 다녔니? 옛날에는 라디오는 잘 안 들었잖아? 싸구려 가요나 팝만 나온다며? 처녀 때처럼 고상하게 쇼팽이나 듣고 다닐 줄 알았더니만.

웃기네. 넌 나랑 헤어지고 오히려 변했구나.

저만 잘난 줄 안다고, 커피도 꼭 고가 프랜차이즈 커피만 마신다고, 남편한테 맞춰주는 건 하나도 없고 언제나 제멋대로라고 늘 불만이었는데. 너란 여자 정말 구제불능이야. 너 같은 쓰레기는 영원히 안 변해. 우리가 서로 주고받던 말들이라곤 그런 것들뿐이었는데, 신기하네. 네가 변할 줄 알았다면⋯⋯ 그때 알았다면⋯⋯ 나도 널 위해 괜찮은 남편이 돼줄 수 있었을지도 모르는데. 가정적인 남자가 돼줄 수 있었을지도 모르는데. 아닐까? 결국 불가능했을까? 언제나 반쯤은 모른 척, 또 반쯤은 그저 동성 친구처럼 서로를 대했던 우리가 난데없이 닭살커플이 될 수는 없는 거였을까?

이혼하는 부부들의 대부분이 상대가 변하지 않는다는 걸 인정하지 못해서 결국 갈라서는 거라고 하더라. 인간이라는 종자가 그리 쉽게 변할 리가 없는데 그걸 미처 몰라서 결혼하고는, 나는 변하지 않으면서도 상대가 변하지 않는다고 분노하다가 결국 헤어져버리는 거지. 우린 어땠을까?

우린 변하지 않아서 헤어진 걸까, 아니면 변해서 헤어진 걸까?

답은 의외로. 변해서이지.

나는 갑자기 오너가 되었고, 몇 년 죽기 살기로 뛰고 나니 그다음부턴 돈이 돈을 벌더라. 눈이 약간 돌았지. 맛이 간 거지. 회계는 너랑 최팀장한테 떠넘기고 용돈으로 너한테서 월 삼백씩 받아쓰며 예쁜 여자 있는 강남의 술집에 드나들기 시작했지. 평소 밥 먹고 맥주 마시고 택시 타고 하는 돈은 모조리 경비로 처리하고 쇼핑은 전부 네 카드로 했으니까 삼백이 적지 않았어. 불목, 불금마다 한 달에 두세 번 몰래 가는 재미가 쏠쏠했지. 그러다 한 여자랑 관계가 깊어졌고.

내가 바보였어. 마음만 먹었다면 그냥 원 나이트에, 카지노, 프로포폴까지 다른 방법은 얼마든지 있었는데, 왜 하필 여자였을까? 솔직히 그전에도 기회는 많았어. 나 좋다고 덤비는 여자들이야 피트니스에도 줄을 섰지만, 아쉬워도 그때마다 거절했는데.

내가 널 배신했어. 너 몰래 새 여자를 만들었지. 돌이킬 수 없는 실수였어. 하지만 별아, 부끄럽지만 사실은…… 비겁하게 너 없는 지금에서야 고백하지만…… 그건 실수가 아니었어.

연애하고 싶었어, 별아.

가족으로서, 또 별이 엄마로서 애정이 없지 않았지만……
그런 감정 말고, 난 연애를 하고 싶었어.

나도 남잔데…… 죽도록 사랑한 경험이 없었어. 먹고살
기 바쁠 때는 여자도 눈에 들어오질 않았어. 겉으론 늘 당
당한 척했지만 사실 오랫동안 초라한 느낌이었지. 덩치가
산만한 새끼가 등신 같다고? 나 등신 맞아.

전적으로 네 덕에 나는 경제적 안정, 번듯한 가정, 예쁜
아이까지 있는, 전도유망한 청년사업가가 되었지. 결혼 5년
차에 말이야.

간절히 바라고 꿈꾸었지만 진짜 성공이란 게 어떤 건지
제대로 알지도 못하다가, 눈앞에서 현실로 이루어지니까
벅차고 감격스럽고 기쁜 한편, 뭔가…… 공허했어.

이건가? 이게 다야? 내가 그토록 원하던 게 이런 건가?
큰 집, 좋은 차, 좋은 음식, 계절마다 해외여행, 지점까지
둔 피트니스 클럽…… 그게 진짜 다야? 그게 대체 뭔데?
돈 있다고 소 한 마리라도 먹어치울 건가?

지금까지 난 무엇을 쫓아 여기까지 온 거지? 대체 이게
뭐야……

원하고 원했지만 막상 다 갖고 나니 허무하더라. 가지고 또 가져도 허전한 건 내 마음의 병이지, 네 잘못은 아냐.

그래서 그 여자랑…… 그렇고 그런 사이가 됐어.

엔조이로 끝났어야 했는데. 마음이 깊어지고 사랑하게 되니까 업소에서 빼주고 싶어져서 걔 방 하나 얻어주겠다고 돈을 빼돌렸지. 네가 내 삶을 바꿔주었듯 나 역시 그 여자에게 그렇게 해주고 싶었던 모양이야.

정신이 온통 여자한테 빠져 있으니 사업장 관리가 제대로 될 리가 없지. 당연해.

그 최팀장이란 놈이, 형제처럼 믿고 의지했던 후배 새끼가 날 등쳐먹을 줄이야.

돈이 네 통장으로 들고 날 뿐 너도 뭘 꼼꼼히 따지고 챙겨본 적이 없으니 실질적인 회계는 최팀장이 쥐고 있었는데, 결국 우리가 걔 입에 다 떠넣어주고 있었던 거지.

최팀장 그 새끼가 나 바람피우는 거 뒷정리까지 해줬는데, 이유가 있었던 거야. 그 새끼 진짜 나쁜 새끼야……

만 3년을 황금만 만지듯 그렇게 살다가 너한테 숨겨놓은 여자 들키고, 뒷수습 못 해 거의 패닉인데 최팀장 새끼 갑자기 그만두고 사라져버리고…… 그 새끼한테서 넘겨받은 회계장부 들여다보는데 이게 대체 무슨 일인지 파악도 제대로 안 되더라. 네 덕에 빚 하나 없이 시작한 1호점이었고, 나름대로 따져본 후에 대출 조금 끼고 2호점 열어서 반년 만에 빚 다 털었잖아. 그러고는 따로 돈 들어갈 일 없었는 줄 알았는데, 운영비에 홍보비에 온갖 명목으로 대출이 어마어마하더라. 인감까지 맡기며 믿었던 놈인데…… 세무사가 그러더라고. 녀석이 횡령했다고 할 만한 증거를 찾기란 불가능하다고.

냉정하게 생각해보면 그래. 잠깐의 성공에 취해서는 외간 여자랑 놀아나는 놈 있으면 나라고 달랐을까. 나라고 뒤에서 칠 생각 안 했을까. 최대한 이용하고 뽑아먹을 계산 안 했을까 말이야. 그 새끼도 눈치 빠르고 영리한 놈이니까. 철저히 계산기 두드려보고 널 만났던 옛날의 나랑 다를 거 하나도 없지 뭐.

여자 문제를 들키고도 나는 너한테 제대로 사과도 안 했어. 일단 회사 문제부터 해결한다는 핑계였지. 그때도 넌 의연했어. 그게 또 충격이더라. 앞뒤 안 가리고 퍼부을 줄 알았는데, 넌 아무렇지도 않다는 얼굴이었어. 그러고는 날 동네 똥개 보듯 내려다보면서 한마디 하더라.

"네가 그럼 그렇지."

그 한마디가 비수 같았어. 맞는 말이었으니까. 내가 그럼 그렇지…… 맞는 말이야.

우리 문제는 미뤄두고 일단 부채 정리부터 한다고 업장을 내놨는데, 권리금은 꿈도 못 꾸겠더라. 그새 동네에 피트니스 클럽이 포화상태가 되었더라고. 돈 때문에 이리저리 쫓아다니느라 업장이고 고객들이고 신경을 못 썼더니 그나마 있던 회원들도 하나 둘 다 뻬앗기고. 소원대로 제대로 미쳐봤던 여자에 대해서도 열정이 금세 식어버렸지. 죽도록 사랑해? 그거 별거 아니더라.

그렇게 스르르 물이 빠지더니 다 허물어지고.

그게 다 모래성 같은 거였을까? 내가 쌓아올린 그것들이? 그렇게 부실했던 걸까?

……아니, 그게 아니란 건 네가 알고 내가 알지.

결국 내 손으로 두드려부순 거였어. 커다란 망치로 내려친 거지.

그 여자랑 헤어지고, 집 팔아서 대출 막고, 가게도 헐값에 넘기고, 다시 작은 집으로 이사하고…… 정신 차리고 보니 나는 원래의 나로 돌아왔는데, 네 마음은 나를 떠난 뒤였지. 이해해. 나라도 그랬을 거야.

그래도 별이가 있어서 마음을 잡을 수 있었어. 매일같이 일자리 구하러 다니면서도 파트타임으로 어린이집이나 유치원에도 나갔잖아. 그러다가 어느 날, 면접 보러 나갔다 들어왔더니 별이랑 네가 집에 없더라고. 장모님한테 전화하니까 네가 친구랑 여행 가면서 별이를 외가에 맡겨놨다는 거야. 2박 3일로 홍콩에 간다고 했다는데 그 말에 열불이 나더라고.

개털 됐는데 홍콩? 게다가 말도 없이? 이게 미쳤나……

너 올 때까지 집에서 깡소주만 들이부었지. 그런데 사흘 만에 집에 온 네가 두번째 비수를 꽂더라고.

"나도 애인 생겼어. 끝내자."

"애인? 좆까. 너한테 무슨 애인……"

"최팀장이랑 홍콩 같이 갔다 왔다, 병신아."

그 말에, 내가, 정확하게 기억나진 않지만, 내가…… 널 때린 것 같아. 아마도 무자비하게…… 운동하는 남자는 절대 여자 때리면 안 되는데. 잘못하면 죽는데…… 너도 안지고 나한테 이것저것 집어던졌던 것 같아. 뭔가에 맞아 이마가 찢어졌는데, 뭐 내 이마 말고도 집 안의 물건은 전부 다 부서져 있었으니까. 정신 차리고 보니 가구며 전자제품이며 멀쩡한 게 하나도 없었잖아.

술도 안 깬 채로 경찰서 가서 조서 쓰고, 너는 병원에 입원하고…… 별이와 너와 나는 더이상 함께 살 수 없게 되었지.

네가 라디오를 끄고 USB라도 연결했는지, 동영상에서 갑자기 다른 음악이 나오네.

나는 내일을 살고 너는 오늘을 살아.
아무도 아무것도 날 웃게 할 수는 없어.
오늘 헤어졌어요, 우리 헤어졌어요.

이게 뭐야 대체? 네가 그렇게 경멸하던 대중가요 나부랭이를 직접 다운받아서 듣고 다닌 거야? 가사는 또 왜 이래? 이딴 노래가 너는 좋았던 거야?

어느새 새벽 2시 5분이 되었어.
블랙박스 동영상에서 통화하는 소리가 들려. 스피커폰인지 상대방의 이야기도 잘 들리네.

―현이 언니~ 도착했어?

―들어왔어. 너는?

―나도 수지 거의 다 왔다고 전화하는 거야. 버거킹 들러 커피나 한 잔 사가려고.

―이 시간에 웬 커피? 잠 안 오지 않아?

―간만에 애 친정에 맡긴 날인데, 뭐하러 벌써 자? 아침까지 IPTV로 영화 볼 거야. 언닌 점 뺀 데 안 쓰라려?

―쬐끔.

―난 마취크림이 잘 안 드나봐. 아직도 엄청 따끔거려. 메디폼 2주 붙이라던데 그거 떼고 나면 치아미백도 하러 가자 언니.

―그래 그래, 너도 레슨 땜에 평일 낮엔 힘들지?

―치과도 저녁 늦게까지 하는 데 알아보면 되지 뭐. 언니랑 병원 가니까 무섭지도 않고 좋다.

―점 빼는 게 무서운 애가 애기는 어떻게 낳았니?

―하하~ 처음이라 모르고 낳았지, 그래서 둘째는 안 낳았잖아.

―김민영이 점도 빼고 미백하고 너무 예뻐지는 거 아냐?

―하하하~ 예뻐져서 이제 연애해야지.

―또 빈말한다.

—아냐, 언니. 진짜야. 그 깡패 새끼 다 잊었어.

—그래야지.

—결혼했던 사실까지 다 잊은걸. 극복했어, 진짜로!

—이래놓고 치맥 하자 하면서 울고 진상 부리지 마라.

—알았어, 언니. 나 버거킹 다 왔어. 낼 또 통화해요.

—그래, 잘 들어가!

현이 언니? 처음 듣는 이름인데 네 새로운 친구였니? 별아, 2년 동안 어떻게 지낸 거니?

버거킹에 들러 아메리카노 큰 사이즈를 사들고 다시 출발한 네 차는 직진하다가 우회전하고 있어.

네가 다운받은 다음 노래가 나오고 있어. 너는 개미처럼 작은 목소리로 노래를 따라 부르고.

운동을 하고 열심히 일하고 주말엔 영화도 챙겨보곤 해.

서점에 들러 책 속에 빠져서 낯선 세상에 가슴 설레지.

이런 인생 정말 괜찮아 보여. 난 너무 잘 살고 있어.

한데 왜 너무 외롭다. 나 눈물이 난다.

내 인생은 이토록 화려한데, 고독이 온다.

넌 나에게 묻는다.

너는 이 순간 진짜 행복하니?

허…… 가요 싫어하는 별아, 너 지금 뭐하는 거니? 너 클래식 좋아하잖아. 네가 가요를…… 이런 노래를 외워서 따라 부르다니…… 그런데 네 목소리가…… 점점……

사는 게 뭘까, 왜 이렇게 외롭니……

왜 갑자기 노래 안 하고 울어? 고작 이런 노래 들으면서 울었던 거야? 별아……

차에서 울고 다녔니? 그날도 싸구려 버거킹 커피나 사들고 집에 가면서…… 이런 노래 들으면서 울었던 거니?

나 같은 놈 떼어냈으면 어떻게든 좋은 남자 만났어야지, 대체 왜 이러고 다녔어…… 술 한 방울 안 마시고 맨정신에 이렇게 청승을 떨고 다녔다니…… 대체 너 왜 그랬어……

울다가 노란 신호를 늦게 봤구나. 새벽인데 차라리 속도 내서 얼른 지나가지, 그걸 또 멈췄나보네. 깜짝 놀라 급브레이크를 밟았구나. 뒤에서 달려오던 트럭이 미처 속도 조절을 못 해서 네 차를 받았나보네.

네 말이 맞다. 너 때문에 결국 울게 될 거라더니…… 그러네. 네가 오늘 처음으로 날 울리네.

항상 별아, 별이 엄마, 그렇게만 불러서 네 이름이 새삼 낯설다.

민영아.

장례식장에서 최팀장 만났어. 이러저러 엮인 친구가 많으니 어디서 소식은 듣고 왔더라. 이젠 밉고 자시고도 없지만 그래도 궁금해. 너희 둘 사이…… 나중에 친구한테 듣기로는, 최팀장은 진심이었다던데. 제수씨가 너희 둘이 여행간 거 눈감아주겠다고 하는데도 놈은 이혼하자고 했다던데. 제수씨가 붙잡았지만 결국 걔들도 우리처럼 헤어졌다더라. 그러고는 최팀장, 너 찾아갔다며. 소문으로는 네가 안 받아줬다고 하던데, 네 진심은 뭐였니?

민영아…… 넌 아니었지? 내가 미워서 그냥 나 엿 먹이려고 그런 거지? 그 새끼, 정말로 사랑한 건 아니지? 아니면……

너도 사랑했었니? 나처럼…… 다른 누구를 사랑했었니?

남편이라고 만난 게 나 같은 새끼여서 좋은 시절이라

곤 찰나였겠지. 사랑에만 책임이 있는 게 아닌데. 선택에도 책임이 있는 건데. 네 진심을 나는 잔인하게 이용만 하고…… 네가 허망하게 떠난 지금도, 이기적인 천성은 어쩔 수 없는 건가. 왜 난…… 내가 지금 남겨진 것 같은 기분이 드는 걸까?

네게 미안하다. 함께 살면서는 사과 한 번 제대로 못 했는데…… 헤어지고 나서 항상 네게 미안했었어. 염치가 없어 차마 말은 못했지만…… 너에게 나는 최악의 모습으로 남아 있겠지만, 나쁜 뜻은 없었어. 지금이야 개털이지만 언젠가 경제적으로 좀 안정되면 헤어질 때 못 준 위자료도 주려고 했었고, 혹시라도 네가 좋은 사람을 만나게 되면 쿨하게 축복해주고도 싶었는데……

앞으로 나는 어떻게 살아갈까. 어떻게 살아야 할까. 별아, 누가 나한테 조언 좀 해줬으면 좋겠다. 이젠 되돌릴 수도 없는데. 꼬일 대로 꼬여서, 어디서부터 풀어야 할지도 도무지 모르겠는데. 우리 별이, 너무도 어린 나이에…… 아직도 내 눈엔 애기인데…… 엄마 잃고 이런 한심한 놈이 아빠인 우리 별이는 어쩌냐.

3월에 학교 가는 우리 별이.

외가에 있는 별이는 내가 당연히 데려와야지. 그런데 겁이 나…… 별이는 날 좋아할까? 자기를 버렸다고 생각해서 미워하진 않을까? 내게 닥칠 일들이 많이 두려워.

하지만 오늘 난 결심한다.

별이한테 뭐든 해줄 수 있도록 최선을 다할 거야. 지금 이 순간부터는, 적어도 지금까지처럼은 살지 않을 거야. 흔들리고 또 약해지겠지만, 이번만큼은 쉽게 포기하지 않을게, 민영아.

최선을 다할게, 민영아. 널 위해서…… 널 위해서.

Wave

Antonio Carlos Jobim

부동산에 나와 있는 방들이 죄다 맘에 들지 않는다. 부동산 어플이나 인터넷 사이트도 미끼 매물만 가득하다. 직접 가보면 똥 같다. 그래도 하숙은 싫다. 애들이랑 섞여 앉아 밥 먹는 게 불편하다. 군대에선 괜찮았는데 학교 애들은 왠지 싫다. 풀 옵션 오피스텔은 빈 방이 없고.

어제 오늘 이틀 동안 역 근처, 학교 근처 원룸은 거의 다 돌았다. 볼 만한 데는 이제 딱 한 군데 남았다. 직방 어플에서 찾은, 난곡에 있는 방. 지하철역에서 마을버스로 네 정거장쯤 될까? 학교에서 꽤 떨어져 있는 곳이라 방이 아직 남아 있는 것 같은데, 그게 내가 찜한 이유이기도 하다.

오늘 안에 가보기로 했다. 지금이 1월 12일 목요일 오후 2시, 약속 갔다 돌아오면 꽤 늦을 텐데, 그때 가봐도 될까? 오늘 안 갔다가 놓칠 수도 있는데…… 놓치면……?

방이 없다. 도무지 방이 없다.

학교에 가기 싫다. 학교가 싫다.

초4병도, 중2병도, 대입 스트레스도 아니다.

나는 서울대 13학번 물리학과 복학생, 그것도 들어올 땐 과 수석이었다.

서울대입구역에서 지하철을 탄다. 빈자리에 가 앉는다. 한낮의 지하철은 북적북적 복잡한 동네를 한가롭게 통과한다. 내가 탄 칸에 있는 열 명 중 일곱은 스마트폰을 들여다보고 있다. 두 사람은 자고 있고, 나머지 한 사람도 팔짱을 낀 채 자려는 폼새다.

나는 스마트폰에 눈을 고정시킨 채 곁눈질로 사람들을 관찰한다. 다들 뭘 저렇게 들여다보는 걸까.

단 한 번도 스마트폰이 재미있었던 적 없다. 바깥세상에, 그 세상의 변화에 별 흥미가 생기질 않는다.

오래된 것, 낡은 것, 쓰던 것들이 좋다. 명색이 공대생이지만 1년이 멀다 하고 탄생하는 새로운 기술들을 익히는 과정이 피곤하기만 하다. 지금 쓰고 있는 스마트폰도, 고장난 폴더폰이 단종된 제품이라 부품이 없어 고칠 수 없다기에 어쩔 수 없이 바꾼 것이다. 거부하면서도 결국 취하고 마는 건 루저들의 특징이다. 그렇다, 나는 루저다. 루저의 또 다른 특징이 앞뒤가 맞지 않는 행동들인데, 며칠 전만 해도 그랬다. 대구역에서 기차에 오르기 전까지만 해도 나는 서울대생의 아우라를 풍기며 고향 사람들의 질투와 부러움 가득한 시선을 즐기고 있었다. 나고 자란 곳에서만 하늘을 찌르는 내 자존감. 언제나 내 마음과 행동은 완벽하게 불일치한다.

보여지는 모습만큼은 완벽하고 싶다. 사람들이 나에 대해 갖고 있는 환상이 실제인 것처럼 보여주고 싶다. 내가 스스로를 루저라 생각한다는 건 대구의 친구들은 아무도 믿지 않을 것이다.

어제는 대구에서 올라와 방을 몇 개 훑어본 후 신정역 근처에 있는 비즈니스호텔에서 묵었다. 오늘은 일단 둘째 고모를 만난 다음 다시 학교 근처로 왔다가 마을버스 타고 나가서 방을 보고, 밤기차로 대구에 내려갈 예정이다. 오늘 방을 구하든 못 구하든 조만간 다시 올라와야 한다. 다음 달부터는 어쨌거나 서울에서 지내야 한다. 이제 빼박이다.

군대가 차라리 편했다고 하면, 학교에서 내가 느끼는 압박이 어느 정도인지 이해가 될까?

꽤 오래 고민도 했다. 엄마한테 얘기할까? 아니면 둘째 고모한테라도? 어느 쪽으로 폭탄을 던져야 대미지가 적을까…… 어차피 폭망할 거, 광장에서 터뜨려버려? IS가 아름다운 관광도시 파리에서 무차별 살상하듯? IS와 내가 다른 게 있다면 불행하게도 내 무기가 가족을 겨냥하고 있다는 것.

가족들은 받아들일 수 있을까? 수능 만점에 중·고등학교 6년 내내 대구·영남 지역 전체 1등이었던 내가 겨우 한 학기 만에 휴학한 진짜 이유를 말한다면?

그나마 둘째고모가 있어서 다행이다. 진보 계열 신문사에서 일하는 고모는 내 문제를 가족의 문제가 아니라 시스템의 문제로 봐줄 가능성이 있다. 진보주의자들이 때로 수구 꼴통들보다 훨씬 더 꽉 막혀 있다는 게 함정이긴 하지만. 언제 내 뒤통수를 칠지 모르는 것이다. 그런 리스크를 감수하면서까지 둘째고모에게 연락한 건…… 역시 그나마 제일 나을 것 같아서다.

둘째고모랑은 신문사 1층 카페에서 3시에 만나기로 했다. 신문사가 마침 서울역 앞이다. 방부터 보고 이따 기차

타기 전에 만나면 좋았겠지만, 고모가 비는 시간이 그때뿐이라니 달리 도리가 없다.

어차피 시간도 많은데 뭐. 그나저나 하나 남은 방이여, 없어져라…… 없어져라……

지하철은 어느새 지상으로 올라와 바깥풍경이 환하다.

어제는, 집에서 올라오는 길에, 대구역 근처 편의점에서 더원블루를 한 갑 샀다. 담배만 봐도 늙은이 같은 취향이 드러난다. 범생이 코스프레를 하고 다녔지만, 나는 사실 고등학교 때부터 담배를 즐겨 피웠다. 자식이 공부만 잘하면 어지간한 허물은 보이지도 않는 게 부모인가. 집에서는 피우지 않았을뿐더러 담배나 라이터도 독서실 사물함에 넣어두고 집으로 가져간 적은 없지만, 이러저러 눈치챌 법도 하건만 엄마도 아빠도 모른 척해주었다.

대학에 가니 담배 피울 장소가 없었다. 과사나 학보사, 동방 정도를 빼면 교내 어딜 가나 반짝반짝 깨끗한 금연구역이다. 오래된 건물들 사이에 어색하게 새로 지은 건물들, 인위적으로 꾸며놓은 자연들…… 유서 깊은 건물들조차 현대식 자재를 덧붙여 리모델링되어 있었다. 백화점 푸드코트 뺨치는 학생식당, 발에 치이도록 많은 커피숍, 아이스크림가게에 닭강정집까지, 캠퍼스 곳곳에 없는 게 없었다.

하지만 이 넓은 곳에 담배 한 대 편히 피울 만한 공간이 없다니.

역 대합실에서 기차를 기다리며 한 개비 물었더니, 두 모금쯤 빨았을 때 공익이 다가왔다.

"여기서 담배 피우면 연행됩니더."

돌아보니 아는 얼굴이었다.

"니 과고 김현준 아이가?"

"강선배님! 서울 갑니꺼? 제대하셨습니꺼? 억수로 반갑네예."

"니는 방위가?"

"공익이라 안 합니꺼."

"맞다, 공익이라 카재."

후배지만 잘 아는 녀석도 아니고 해서, 기차가 들어오는 쪽으로 고갤 돌리려는데 이내 말을 덧붙였다.

"저는 경북대 갔습니더. 괜히 과고 가서 내신만 떨어지갖고."

"경북대, 됐다 아이가. 집 가깝고 마."

"선배님은 서울대 수석 먹고. 물이 달라갖고 대구 오믄 촌이지예?"

"서울도 똑같다 마."

"아 참, 정라은 선배 알죠?"

정라은이라면…… 고교 시절 CC. 내 첫사랑인데 알다마
다.

"소식 몰라예? 동창들 그거 안 합니꺼? 밴드?"

"페북이나 인스타 같은 그?"

"뭐라 캅니꺼? 페이스북이랑은 달라예. 밴드도 몰라예?
하핫, 이 슨배 진짜로. 라은 선배 다쳤으예."

"어디를?"

"아프리카 봉사 갔다가 코끼리한테 발등을 밟혔다 카든
데. 발가락 하나가 으스러졌다 카든가?"

"알았다. 알아보께. 기차 들온다. 고마 가라."

때마침 서울행 KTX가 시간 맞춰 들어왔고, 그사이 후배
는 이미 사라지고 없었다.

대구만 해도 바닥이 좁아 어딜 가나 아는 얼굴을 만나곤
하지만, 서울은 정반대였다. 같은 학교에 다니면서도 서울
대입구역 근처에 사는 라은이와는 마주친 적이 한 번도 없
다. 물론 동창들끼리 만나는 모임은 있었다. 과학고 출신이
백 명은 족히 되다보니, 이러저러 모임이 열몇 개나 된다.
아마 나는 그 모임들 전부에 가입되어 있을 것이다. 형식적

으로라도 가입해야 한다 하기에 들이미는 가입신청서마다 사인을 했다. 하지만 단체 톡이고 뭐고 제대로 읽은 적이 없기에 모임에서 어떤 일들이 생기는지, 어떤 얘기들이 오고 가는지는 전혀 알지 못한다. 음…… 라온이는 대체 왜 그렇게 된 거야? 누구에게 연락처를 물어봐야 할까…… 평소에 만나는 동창이 없으니 이럴 때 난감하군.

2호차 3D. 자리에 앉자마자 기차는 서서히 레일 위를 미끄러져갔고.

서울역에 내리자마자 학교 앞으로 가 원룸 투어를 시작해서, 밤이 돼서야 숙소로 돌아왔다. 가방에서 책을 꺼내 읽다가 스프링노트와 볼펜을 꺼내 내일 돌아볼 방을 정리한 후 둘째고모랑 만날 시간을 확인하고 잠자리에 들었다.

○ ○ ○

처음 서울에 왔을 때의 충격을 기억한다.

대구의 지역신문 기자였던 둘째고모는 내가 중학교 1학년이 되던 해에 이혼하면서 고모부에게 삼남매의 양육권까지 빼앗기고 나자 서울의 신문사로 이직을 했다. 그때 홀로 서기를 시작한 고모를 만나러 가족들이 함께 서울에 왔었는데, 엄마와 아버지와 동생은 역 대합실에서 나오자마자 곧장 바라보이는 고층 빌딩들을 한참이나 올려다보았다. 대구에도 고층 빌딩이 없지 않았지만, 이만큼 빽빽하지는 않았다. 한없이 넓어 보이는 도로 위에는 차들이 꽉 들어차 있었다. 고모가 산다는 부암동까지, 지금 생각하면 그리 먼 거리도 아니건만, 그땐 아득히 멀기만 했다. 길이 너무 막혀 언제 도착할지 도무지 짐작할 수가 없었다. 택시는 남대문, 경복궁 등을 지났는데, 좁은 인도에도 사람들이 넘쳐났다. 걸을 만한 공간이 전혀 없어 보이는데도 희한하게도 조금씩들 움직이고 있었다. 마치 컨베이어벨트 위의 살코기 같았다. 그보다 더 이상한 건 사람들 표정이었다. 아무 표정이 없었다. 그들은, 그저 걷고 있을 뿐이었다.

그래서 서울깍쟁이라고 하는 건가. 여긴 지옥이구나. 다들 고통스러운데도 아닌 척 연기하는 건가. 그렇네. 독한 사람들, 서울 사람들……

하지만 그렇게, 지옥 같은 인상을 받았으면서도, 나는 대구의 친구들에게 자랑을 해댔다. 서울은 정말 멋진 곳이라고, 완전 대박이라고.

주변에서 관심을 가지고 물어보니까 나도 모르게 과장을 했던 것이다. 아니, 지금 생각해보면 그건 그냥 과장이 아니라 완벽한 거짓이었다.

흔들리는 지하철에 앉아 생각을 잇고 잇다보니 내 문제가 무엇인지 명확하게 정리된다.

나는 내 감정을 솔직하게 내보인 적이 없었다. 언제나 감정을 꾸며내어 드러내곤 했다. 이런 주제에 서울깍쟁이가 어쩌고 어째?

○ ○ ○

신문사 1층 카페. 3시 5분 전이다. 창가 자리에 앉는다. 고속버스 몇 대가 건물 앞으로 줄지어 들어오더니, 빨간 깃발을 든 외국인 관광객들이 소시지처럼 연이어 밖으로 내려선다. 관광객들은 다시 줄을 지어 어디론가 이동한다. 이들 역시 서울의 컨베이어벨트 위에 올라타는 중인 걸까? 외국인들에게 이 도시는 좋은 볼거리일 게 분명하다.

"또 넋 놓고 앉아 있네. 정신 좀 채리라, 인마."

"일부러 구경하는 거 아이가. 이런 것도 다 공부다."

"뻐스가 뭐가 재밌다고 구경하노?"

일어나서 둘째고모와 악수를 나눈다.

"고모 늙었네. 못 본 사이 할매 다 됐네."

"문디 지랄. 지는 복학생 아재구만 누굴 까노? 커피나 사 온나. 난 에스프레소."

둘째고모가 신용카드를 건넨다.

진동벨이 울린다. 자리에서 일어나 커피 두 잔이 놓인 쟁 반을 가져와 테이블 위에 놓는다.

"이런 것도 다 손님한테 시켜묵으믄서 커피 값은 와 이리 비싸노?"

"임대료 안 내나? 니는 명색이 서울대생이 간단한 시장 법칙도 모르나?"

나는 뜨거운 아메리카노를 입으로 불어 식힌다. 우리 옆 으로 지나가던 두 사람이 둘째고모에게 눈인사를 하고는 근처에 자리를 잡는다.

"방은 구했어?"

둘째고모가 갑자기 어색한 서울말을 쓴다.

"고모 미쳤나?"

"여기 고모 회사야. 표준어 써야지."

"억양이 사투리다! 경상도는 몬 숨긴다."

"에티켓이잖아. 노력은 해야지. 지나친 지방색은 타인에 게 거부감을 줄 수도 있다고."

"말또 아이다."

"그래서 방은 구했냐꾸?"

"봐라 봐라, 사투리 나오재?"

둘째고모를 살살 약 올리니, 고모도 피식 웃는다.

"고모야~~ 나 방 몬 구했다."

"방이 아예 없어? 아님 돈 때문에?"

"아이다……" 나는 잠깐 뜸을 들이다가 말을 잇는다. "방 구하기가 싫다. 이상하게 내는 서울이 싫다. 서울 것들이 싫다."

훅, 마음을 뱉는다.

"서울 것들은 누구나 다 싫어해. 몰랐어?"

둘째고모의 뜻밖의 대꾸.

"진짜가?"

"그럼. 나도 서울 것들 싫어. 겉으로는 상냥한데 속을 알 수가 없어. 술 한잔 하면서 많이 친해진 것 같은데, 다음 날 술 깨고 나면 딱 없었던 일처럼 정색을 해요. 사람한테 선 긋고, 형식적으로만 친절하게 굴고 완전 계산적인? 그런 느낌 있어. 골 때린다니까!"

"맞재?"

지식인 둘째고모랑은 역시 대화가 통한다.

"서울 애들 싫으면 학교에서 과고 동창들하고만 어울렸어?"

"동창들하고 놀 시간이 어딨노? 과제랑 실습이랑 바빴지."

"동창들도 No?"

"뭐라 카노?"

"심지어 걔네는 서울 애들도 아닌데?"

"고모는 지금 그게 중요하나?"

"니 얘기 듣는 거 아이가?"

"봐라 봐라, 사투리 또 나오재?"

"너 시간 아낀다고 평소에 밥 혼자 먹지?"

"맞다."

"어제 몇 년 만에 서울 왔지만, 만나거나 연락한 친구도 없고?"

"잠깐 오는데 뭐하러 귀찮구로……"

"최근 통화 목록에 당연히 대학 친구 번호는 없고?"

"요새 누가 통화를 하노? 카톡 있는데."

"너 고모가 카톡해도 읽씹이잖아."

"고모 니는 그런 말도 쓰나?"

"명색이 기자다."

"읽고 씹어서 삐쳤나?"

"나 홀로 족인 거네. 요즘 트렌드이긴 하지. 기사 여러 번 다뤘는데."

"트렌드고 뭐고 서울 놈들 다 싫다 마."

"과고 애들도 싫고?"

"그놈들이 뭔 상관이고?"

"걔네랑도 안 논다며? 네가 진짜로 싫은 게 뭐야?"

둘째고모랑 헤어지고 다시 학교 근처로 간다. 이번엔 지하철이 아니라 506번 버스를 탔다. 고모가 아는 사람이라면서 전화번호 하나를 알려줬다. '숲 정신건강의학과 클리닉'. 고모는 내가 우울증인 것 같다고 했다. 불쾌하기도 하고 인정하고 싶지 않지만 솔직히 그런 것 같다. 내 생활 스타일이 우울증을 증명하는 것은 아닐 것이다. 원래부터 무리짓기보다는 혼자 움직이는 게 편했다. 생각을 나누기보다 내 안으로 모으는 편이었다. 고모 말대로 나 홀로 족이다. 우리 세대에 나 홀로 족이 많은 건, 어쩌면 자기 안에 자아가 가득하기 때문일 것이다. 타인에게 편하게 내어줄 자리가 부족하기 때문일 것이다. 혼자를 즐기는 삶은 지금의 내겐 매력적이면서도 불가피한 일이다. '나'가 너무 견고

한 것은 사회적 인간으로 쉽게 묻혀가지 못함이 약점이면서도, 한편으론 타자에 의해 쉽게 흔들리지 않는 장점이기도 하다. 하지만 철저하게 혼자인 내가 때로는 나조차 감당이 안 된다. 지긋지긋하게 외롭다. 혼자를 즐기는 건지, 혼자를 견뎌내는 건지 헷갈린다. 혼돈과 모순의 연속.

고모에게도 말하고 싶지 않았지만, 결국 다 털어놓았다. 지금의 내가 너무 작다는 사실을.

큰물에 몸을 던졌지만, 나는 몰랐다. 내가 배운 영법으로는 물에 뜰 수도, 앞으로 나아갈 수도 없다는 걸. 나는 튜브나 구명조끼는커녕, 수영복 팬츠조차 없는 벌거숭이였다.

그 투명한 물이 내게 수치심을 주었다. 나체로 물속에 내던져져 허우적대고 있었다. 그동안 천재니 영재니 하는 수식어들이 내 목을 옥죄고 있다고 투덜거렸지만, 필드에 나와보니 나는 천재도 영재도 아닌 평범한 촌닭일 뿐이었다.

학교는 어마어마하게 크고, 그 넓은 교정을 오가는 학생들의 고급 외제차. 머리 좋은 거 하나로 유명세가 연예인 저리 가라 하는 나였지만, 이 새끼들은 외모까지도 연예인 저리 가라에, 차림새도 모델 뺨친다. OT 때 보니 내가 제일 촌스러웠다. 그리고 제일 가난했다.

아버지가 중견 문구업체 사장이라 어릴 때부터 돈 걱정은 해본 적이 없었는데, 서울에 와서 보니 구멍가게보다 못한 수준이었다. 집이 대구라고 하니 다들 피식 웃는데 자격지심 때문인지 비웃음인 듯 느껴졌다. 대구에선 과고라고 하면 어딜 가나 먹어주는데…… 한때 왕이었다가 구두닦이가 된 기분. 내가 사는 세상이 바뀐 걸까, 아니면 세상이 이렇다는 걸 바보같이 나 혼자만 몰랐던 걸까.

둘째고모에게 생애 처음 겪는 열등감에 대해 차근차근, 모조리 털어놓았다.

다 듣고 나더니 고모는 내 저열한 패배감이 지방 출신들이 대도시에 입성하면서 겪는 통과의례 같은 거라고 했다. 서울 애들도 외국의 대도시에 가면 적응하기까지 그런 감정을 느낄 거라고. 당연한 거라고. 그러지 않으면 깨달음도 변화도 없을 거라고.

"네 틀을 깰 수 있는 사람은 너뿐이야."

"고모야, 꼭 깨야 되나?"

"세상이 어차피 이런데, 불평만 하고 있을래? 싫든 좋든 일단 적응부터 하고, 그러고 나서 세상을 바꿀 인물이 되어야지. 넌 크게 될 놈이야. 둘째고모 촉이 좋아."

"다들 집안이 장난 아이다. 개천에서 난 용이 없다."

"알아. 고모가 기자야, 인마. 지금이 우리나라는 과도기야. 앞으로 있는 집 자식들은 잔디 깔아주고 몰래 명문대에 입학하는 게 아니라, 미국처럼 삼십억 사십억 공식적으로 기부하고 입학하는 방향으로 바뀔 거야. 완벽한 자본주의로 가면 대학 프라이드도 지금처럼 절대적이진 않겠지. 차라리 나을 것 같지 않아? 졸업장에 연연하지 않으면, 독일이나 일본처럼 대학을 가건 차를 고치건 우동집을 차리건, 본인의 선택이니까 사회적 편견도 줄어들 테고."

"그게 자본주의가? 황금만능주의지."

"패리스 힐튼 고졸이야. 걔가 돈 없어서 대학 안 가? 걔가 자기 사업으로 일군 재산이 몇 조라더라."

"고모 니는 나잇값 좀 해라. 패리스 힐튼은 와 찾는데?"

"명문대든 지잡대든, 졸업장 필요 없으면 대학 안 가도 되는 분위기로 바뀌어야 정상이지. 우리나라도 그렇게 될 수 있어. 고교 졸업생 85퍼센트가 대졸자인 나라가 정상은 아니잖아?"

고모는 자문자답하듯 혼자 고갤 끄덕거린다.

"고모야, 왠지 난 오히려 반대로 될 것 같다. 자본주의가 철저한 신분사회로 만들 수도 있는 거 아이겠나. 부자들이 명문대 간판까지 살 수 있으면 의사면허 변호사 면허는 못 사겠나? 있는 놈들이 권력이고 뭐고 다 가지고, 거렁뱅이들은 신분 바꿀 기회가 영원히 없어질 거 아이가."

"그건 지금도 그래. 거지들은 어차피 안 돼. 학비 때문에 의대 법대 가기 힘들어. 그래도 완벽한 자본주의에서 오바마 같은 인물이 나오는 거 봐. 다문화 결손가정에 마약 전과까지 있는 사람이 이름 없는 로컬 커뮤니티 칼리지 나오고 4년제 편입해서 하버드 로스쿨까지 간 건데, 철저히 노력만으로 second chance를 얻었잖아."

"돈으로 서울대 갈 수 있는 세상…… 지금보다 더 싫다. 그래도 지금 내 동창들이야 있는 집 자식이건 뭐건 그래도 족집게 과외 받아가며 들어온 놈들이잖아. 서울대 가보겠다고 잠 안 자고 공부했을 거라고."

"알긴 아네? 걔들은 너처럼 영재가 아니니까 너보다 훨씬 노력했을 거야. 그냥 들어온 거 아니니까 너도 대충 해. 배 아파하지 말라고. 살면서 배 아플 일 천지다."

"세상을 바꿔야 하나."

"메르스 때 젊은 애들이 지하철에서 일부러 기침하고 다닌다고 제보가 들어와서 잠입취재 나간 적이 있었어. 요즘 애들 너무 회의적이더라. 너만 그런 게 아니야. 이십대 애들 중에는 차라리 전쟁이 났으면 좋겠다고 하는 애들도 많아. 인정하기 무서워서 기사화도 보류하지만 이런 개떡같은 비극이 현실이야."

"내는 전쟁까지는 아니고."

"그렇게 극단적인 생각을 할 만큼 젊은 세대가 느끼는 절망감이 크다는 거겠지. 현실에 고통받고 있는 사람들이 생각보다 훨씬 많아. 그런데 이렇게 생각해볼 수도 있어. 고모 생각은 그래. 싸우고 싶을 정도로 전의를 불태우는 건, 아직 우리 사회가 건강하고 희망이 있다는 증거 아닐까. 분노는 무언가를 바꿀 동력이 되니까. 젊은 애들이 원하는 건 세상의 파멸이 아니야. 무작정 가진 자가 싫고, 나보다 먼저 취직한 친구가 밉고, 불안한 미래에 앞이 캄캄하고…… 그러면 자칫 자살하거나 할 것 같지만 그렇지 않아. 그들은 바뀌었으면 하는 거야. 적극적으로 바꾸고 싶은 거고."

"그건 맞는 말 같다. 그래서 고모 니 생각에, 바뀌겠나?"

"어차피 우리 생각대로 세상이 돌아가겠니?"

둘째고모는 남은 커피를 한입에 털어넣었다.

"와~~ 황당하데이. 내가 우리 고모를 잘못 알고 있었다. 고모 니 좌빨 아니었나?"

"어리네, 어려. 좌빨 찾고 앉은 거 보니. 실용주의라고 하는 거다, 아가야. 진보랑 보수에서 내 맘에 드는 논리만 선택해서 취하는 실용. 일명 강남 좌파."

"박쥐네. 아무리 그래도 고모 니는 기자 아이가? 방향성은 있어야 되는 거 아이가? 내 보기에 고모 니는 수구꼴통이다."

나는 또다시 고모를 슬슬 놀린다.

"그럭저럭, 내 한 몫 잘하고 인생 살면 돼. 고모가 자식 셋을 버린 독한 여자야. 이미 지옥 갈 팔자인데 허투루 살면 지옥에서도 천형이야."

"봐라 봐라. 고모 니 백 프로 수꼴이다, 수꼴. TK 출신은 우짤 수가 없다."

"자, 서울대 거지, 이거나 받아."

고모는 냅킨으로 입가를 정리하곤 지갑에서 오만원 권 네 장을 건네고 나서는 곧장 엘리베이터 쪽으로 사라진다.

506번 버스가 숭실대를 지날 때쯤 핸드폰을 꺼내 든다.

마지막으로 가보기로 한 난곡의 원룸 주인에게 문자를 남긴다. 집 주인이 직접 세를 놓은 곳이었다. 마을버스로 올라가야 하고, 워낙 가파른 언덕이라 세입자 찾기가 쉽지 않았는지 두 달 넘게 안 나가고 있는 방이었다. 사진으로 봐선 나쁘지 않았다. 솔직히 맘에 들었다. 지금은 맘에 들고 어쩌고 따질 상황도 아니지만. 일단 문자부터 보낸다.

─사장님, 매물 아직 안 나갔나요?

금세 답장이 온다.

─매물 있습니다. 오늘 보기로 한 학생이죠?

─네, 안 나갔으면 제가 계약하겠습니다. 위치랑 다 알고 있어서 안 봐도 됩니다. 인터넷뱅킹이 안 돼서 이따 들러 계약금만 드리고 가겠습니다.

─그래도 되겠어요? 그럼 웬디 방 카페에서 매물 내리겠습니다.

─6시까지 방문하겠습니다.

─네.

문자 몇 개로 끝. 방은 됐고…… 과고 친구의 카톡 아이디를 찾아본다.

─라은이 다쳤어?

문자만큼은 서울깍쟁이처럼 서울 말씨로.

5분쯤 지나 지영의 답장이 온다.

─3년 만에 연락해서 다짜고짜 라은이 다쳤냐고? 진짜

깼다. 라은이 깁스해서 자취방에 있어.

　—누가 같이 살아?

　—나랑 같이 살지. 그래서 나한테 연락한 거 아냐?

아니, 말 붙이고 물어볼 사람이 얘뿐이었다.

　—라은이 번호 좀 줘.

라은이한테 물어보는지 어쩌는지, 메시지를 읽고도 한참 동안이나 답장이 없다. 이런 거였구나. 이래서 조바심을 내는구나. 다들 왜 그렇게 카톡 답장에 예민해하는지 이해가 안 됐는데. 그러네. 내가 몰랐네. 돌이켜보니 나는 다른 사람 입장에서 생각해본 적이 거의 없었다. 언제나 무조건 내가 옳았다. 그러다보니 대학 와서 만난 아이들이 부자인 것조차 그들의 잘못이라고 생각했던 것이다. 내 패배감이 어쩌면, 어느 정도는…… 내 옹졸함에서 출발한 것이었을지도.

물론 이 사회의 시스템에 문제가 있다는 것은 자명한 일이다. 여기에는 계속해서 문제 제기를 할 생각이다. 난 과수석으로 입학한 서울대 학생이다. 다들 잘못 가고 있는 거다. 모두가 잘사는 세상, 그게 맞는 거다. 내가 어리다고? 나는 내 목소리를 낼만 한 힘을 키워갈 테다. 나는 서울대

학생, TK 천재 강우현이니까.

—010-000-0000

지영의 답장이 왔다. 시간을 확인해보니, 내가 문자를 보낸 지 겨우 10분이 지났을 뿐이다. 그 10분 사이에, 나는 조금은 타인의 마음을 헤아려보고, 라은에게 연락할 용기도 내본다.

수능 만점자라고 하면 눈꺼풀 위아래에 성냥개비 꽂아가며 잠을 쫓거나 참고서를 씹어 먹기라도 하는 줄 알지만, 나한텐 여자친구도 있었다. 그래서 천재 소리를 들은 건가.

서울대 가면 라은이보다 백배 천배 이쁜 애로 아무나 골라잡아 사귈 수 있을 줄 알았는데. 이제 모임 좀 나가고 소개팅해달라고 여기저기 쑤셔봐?

라은에게는 밥이나 한번 먹자고 해야겠다.

달콤한 나의 집. 집이 그립다. 집이 최고다. 하지만 이제 난 여기, 이곳에서 살아야 한다. 깁스를 하고 좁은 셋방에 누워 있을 외로운 옛 친구에게 달콤살벌한 서울에서의 밥 한 끼를 선물하고 싶다.

The first time

Surface

택시는 분당 수내동 A아파트 105동 3-4호 라인 앞으로 천천히 다가간다.

용인 지역을 천천히 도는데, 10분쯤 전 거치대에 놓인 스마트폰으로 콜 메시지가 떴다. 나는 콜 백 버튼을 누른 후 곧바로 차를 틀었다.

8년 만에 일터로 나오니 참으로 많은 것이 변해 있다.

무엇보다 콜 종류가 다양해졌다. 경기도 통합 콜은 문자 메시지로, 1688로 시작하는 계약 콜 업체는 오퍼레이터가 직접 전화로 기사에게 연락을 주고, 고객들이 스마트폰으로 예약을 하는 카카오택시는, 따로 지정할 수도 있지만 고객의 현재 위치가 GPS로 자동 입력되고, 도착지도 스마트폰으로 바로 입력하게 되어 있다. 기사 입장에서는 턴 백Turn Back할 거리까지 계산해서 콜을 받을지 말지 선택할 수 있고, 손님 입장에서도 어디를 가든 콜비가 따로 안 붙다보니 최근 선호도가 높다. 근처에 대기 중인 상태에서 콜을 받지 않는 일이 반복되면 기사에게 서비스 마이너스 점수가 붙는다. 지독한 불경기에 무한경쟁시대. 늙은이라고 경로우대 특혜라도 주는가 하면, 오히려 그 반대다.

집단 우울증에라도 빠진 듯, 청년들은 폭발적으로 늘어가는 노인층에 대한 불만이 많단다. 인터넷에서는 노인연금 반대에, 지하철 공짜 티켓 연령 올리기 서명 운동까지 벌어진단다. 소수의 이야기고, 그래서 뉴스거리가 되는 거라면 내 마음이 편할 텐데. 동네 친구들과 술상 앞에 앉으면 습관처럼 나라 걱정, 세상 걱정 투덜거리지만, 고도성장 시대를 거친 우리는 분명 혜택 받은 세대이다. 너나 할 것 없이 가난했지만 그래도 일감이 있었고 일을 하면 먹고 살 걱정은 없었으므로. 지금의 이십대들, 한창 빛날 청춘들이 이토록 불안하고 슬프다는 게 안타깝기 짝이 없다.

이러저러해서 IT 기술에 익숙하지 않은 노친네들한테는 경비 일도 안 주는 세상이다. 요즘은 사설 경비업체라는 게 생겨서, 대통령 보디가드나 할 법한 덩치들이 아파트 경비를 서는 진풍경도 흔하다. 아들 둔 입장에서 보면 안쓰러운 마음 한도 끝도 없고.

작년에는 택시 기사들도 지독히 불경기였는데, 올해는 또 어떨지.

개인사업자라 복지랄 게 없어 아쉽지만, 곧 환갑을 맞는 지금까지 직업 운전사임에 만족하며 경건하게, 성실하게, 운전대를 잡고 살아왔다. 사람들이랑 말 섞기를 좋아하고, 딱히 큰 욕심을 부리는 성격도 아닌지라 운전이 잘 맞았다. 운명의 폭풍을 맞아 긴 세월 가시밭길을 걷기도 했지만, 굽이굽이 결국은 제자리로 돌아왔다. 가끔씩 빈 택시로 빙빙 도는 날엔 지난 일이 머릿속에서 떠나질 않지만……

연휴 동안 집사람이 끓여주는 떡국 배불리 먹고, 푹 쉬고, 오늘은 말하자면 올해 영업 첫날이다. 새해 첫 손님을 맞으러 길을 나선다. 새벽 찬바람 속에 서 있던 차는 잠시 배터리를 올려 예열한 후 시동을 건다. 겨울이면 사람도 바깥활동에 꾀가 나듯 LPG 차도 똑같다. 달래고 달래서 천천히 액셀을 밟아야지, 그러지 않으면 엔진을 긁어 차 수명이 줄어든다.

큰길로 들어서면서 조금씩 속도를 내본다.

50미터 앞쯤에 예약 손님이 보인다. 얼핏 사십대 후반으로 보이는 중년의 남녀. 1월 2일 월요일. 아침 10시 20분. 어제부터 가는 눈발이 흩날리다 멈췄다 한다. 최저 기온이 영하 7도라는 오늘은 바람까지 불어 더 춥게 느껴진다. 중년의 부부가 손을 꼭 잡고 서 있다가 택시를 향해 다가온다.

나는 룸미러로 둘을 지켜본다.

27평 단일 평수 아파트. 이 동네가 형성되던 1980년대 후반에 임대 분양했다가 십몇 년 전에 분양 전환을 한 터라, 최초 분양자였던 동네 터줏대감들은 삼, 사억의 프리미엄을 챙겨 떠났고, 현재의 입주민은 대부분 어린 자녀를 둔 젊은 부부다.

이 아파트에서는 흔치 않은 나이대의 커플이다. 남자가 문을 열어주고, 여자만 뒷좌석에 올라탄다.

룸미러 속 여인은 커다란 눈망울에 옛날 배우 김지미를 닮은 미인이다. 김지미 엄청 좋아했는데. 가까이에서 보니 사십대는 아닌 듯하다. 오십대 초반, 아니 그보다 많으려나?

"어서 오십시오."

여인은 창문을 내리고 남자를 올려다본다.

"가는 곳까지는 기사님이 알고 계신 거지?"

"그럼. 기사님 연락받으셨죠?"

"암요, 암요. 입력하신 정보 다 확인하고 콜 접수합니다. 제부도까지 모십니다."

웃음 섞인 목소리로 대답하지만 여인은 어딘가 불안하고 불편한 눈치다.

"너무 먼 길인데 기사님이 빨리 오셔서……"

"요샌 경기가 없어서 콜 뜨면 너도 나도 잡기 바빠요, 손님. 제부도 아니라 부산이면 어떻습니까. 일단 가보는 거죠."

남자가 유리창 안으로 손을 넣어 여인의 어깨를 두드린다.

"나한테 도착 문자 오니까 편하게 한숨 자, 여보. 안전벨트 하고."

여인은 남자에게 시선을 고정시킨 채 창문을 올린다. 액셀을 밟으며 천천히 속도를 올린다.

"좋은 데 가십니다."

여인은 대답이 없다. 라디오 볼륨을 올린다. 점잖은 목소리에 밝은 웃음의 중년 여성 청취자와 전화 연결된 DJ가 이야기를 나누고 있다.

—남편 분이 일산 여왕님이라고 부르신다죠? 행복하시
겠습니다.

—홍홍~ 사랑받고 살아요. 아, 맞다 강호씨! 제가 강호
씨 집에 가본 적 있어요, 홍홍.

—저희 집을 아세요? 저 파주 살거든요?

—호호홍, 네, 알아요. 10년쯤 전에 아이들 어릴 때 파주
에 주말농장이 있었거든요. 그때 누가 근처에 연예인 집이
있다고 해서, 다 같이 우르르 구경 가고 그랬었어요. 호호
호홍~ 아직도 거기 사세요?

—예, 거기 삽니다. 마침 라디오국이 일산 센터로 옮겨
서 다니기도 편하고. 사실 팔고 싶어도 주택이라 제 값 받
고 팔기가 쉽지 않아요, 하하. 그건 그렇고 시간 관계상 빨
리 진행해볼게요. 오늘 남편 분에게 띄우는 음성편지를 신
청하셨는데, 남편 분 자랑 좀 해주세요.

—홍홍~ 일단 저희 신랑은 인물이 좋아요. 다들 지진희
닮았다고 해요. 말도 재미있게 하고, 옷도 잘 입고, 멋쟁이
예요. 음식도 안 가리고 잘 먹고, 또 먹는 거에 비해 날씬
하고요, 젠틀해요.

—아하~ 완벽한 부군을 두셨네요. 그럼에도 친정 부모
님은 결혼을 그렇게 반대하셨다고……?

─홍홍~ 맞아요. 왜 어른들은 남자 인물 너무 좋으면 여자 꼬인다고 싫어하시잖아요?

　─아…… 맞습니다. 어르신들 혜안을 무시하면 안 됩니다. 반대를 무릅쓰고 결혼하셨는데, 그…… 어른들 걱정하셨던 문제는…… 그런 일은 없었는지에 대해서는 뭐, 굳이 여쭤보지 않겠습니다.

　─홍홍~ 노코멘트예요, 홍홍.

　─하하하! 센스 작렬 일산 여왕님이십니다.

　─호홍홍~ 성격이 이래서 즐겁게 반평생 살았네요.

　─하하. 자, 이쯤에서 잡담은 정리하구요, 오늘 전화주신 특별한 이유가 있으시다고요?

　─네, 실은 오늘 신랑이 35년 근속한 직장에서 정년퇴직을 해요. 워낙 휴일 없이 일하는 직장이기도 했지만, 덕분에 휴일수당 많이 받아서 집에 있는 저는 배불리 따뜻하게 잘살았네요, 홍홍.

　─예, 그럼 시간 관계상 바로 배경음악 깔아보겠습니다!

　영화 〈러브 레터〉의 주제곡이 잔잔하게 깔리기 시작한다.

　─여보오……

방금 전까지 소녀처럼 웃던 여성은 목소리를 떨며 여보오…… 불러놓고 한동안 말을 잇지 못한다. 흐느끼듯 호흡을 가다듬고.

—35년 일한 직장을 곧 떠나네요. 여보, 그동안 너무 고생 많았어요. 얼마나 서운하고 심란할지…… 우리 둘이 여러 가지 생각했던 거 있었잖아요? 살면서 못 해본 것들, 앞으로 하나하나 하면서 즐겁게 제2의 삶을 시작해봐요. 당신에게 모든 게 고맙고…… 그동안 정말 수고 많았어요. 여보, 오늘 당신 좋아하는 순두부찌개 끓여놓을게요. 일찍 와요. 힘내요, 여보!

반주 음악이 조금씩 작아진다. DJ는 뜸을 들이다 말을 건넨다.

—아~ 찡합니다, 일산 여왕님. 너무도 밝고 명랑하던 일산 여왕님 목소리가 BGM 깔리자마자 갑자기 떨리니까…… 저도 울컥했네요. 그런데…… 그렇게 사랑하는 부군이 35년 다닌 직장에서 퇴직하는 역사적인 날에, 칠첩반상도 아니고 순두부찌개라니……

―홍홍~ 이상한가요? 신랑 입맛이 소박해요. 순두부찌
개랑 명란젓 차려주면 제일 좋아해요.

―아하~ 명란젓은 심지어 요리도 아닌데……

―홍홍, 제가 말씀드렸죠? 편하게 살아왔다고.

―부럽습니다, 일산 여왕님. 두 분의 제2의 삶, 저도 응
원하겠습니다!!

고개를 살짝 들어 룸미러로 여인을 찾는다. 뒤로 머리를
기댄 여인의 큰 눈에 눈물이 그렁그렁하다.

나는 얼른 다른 채널로 돌린다. 볕이 따사롭다. 목적지까
지는 65킬로미터를 더 가야 한다. 먼 길을 갈 때는 아무래
도 손님과 이런저런 대화를 나누게 되는데, 말 섞기를 꺼리
는 손님을 만나면 어쩔 수가 없다. 지루하니 졸지 않으려면
딴생각을 하는 수밖에.

생각이 꼬리를 물고 물더니…… 아 그랬지.

라디오와 나는 인연이 깊다.

하루 종일 듣는 셈이니 제2의 집사람이라 해도 과언이
아니다. 10년 전 결혼기념일에 엽서를 보낸 사연이 월 장원
에 선정되어 네 가족이 난생처음 비행기를 타보기도 했다.

경품으로 4박 6일 하와이 여행권이 나온 것이다. 결혼 후 매일 조금씩 모아둔 돈으로 아직 핸드폰이 없는 아들놈한테 폴더폰을 사주고도 싶고, 갑상선 수술한 마누라 제주도라도 데리고 갔다 오고도 싶은데 어찌하면 좋을지…… 뭐 그런 시답잖은 내용이었는데 생각지도 않은 행운이 찾아온 것이었다. 복권에 당첨되는 것 같은 큰 행운은 평생의 운을 일시불로 당겨 쓰는 것이라던 어느 스님의 말씀은 결코 틀린 얘기가 아니었다. 여행에서 돌아오자마자 폭행 사건에 휘말리게 됐으니.

그 사건이 터지고 얼마 지나지 않아, 또다시 라디오가 나를 찾았다.

사회부 기자 출신의 라디오 DJ가 진행하는 시사 프로그램에서 사건에 대해 전화 인터뷰를 하고 싶다고 연락해온 것이다.

—일주일 전 경찰 수사에 항의하며 법원 앞에서 분신을 시도한 택시 기사분이 계시죠? 일주일 내내 떠들썩했던 뉴스인데요. 김택길 기사님을 연결해보도록 하겠습니다. 김 기사님?

—안녕하십니까.

—기사님, 무엇보다 현재 건강은 어떠신지요?

—죽지 않고 살아 있습니다.

—아 예, 정말이지 다행입니다. 기사님 운전 경력은 몇 년이나 되셨습니까?

—20년 좀 안 됩니다.

—사십대 중반이신데 그 경력이면 일찍부터 택시를 하셨네요. 아직 뉴스를 접하지 못한 채 라디오를 듣는 분들도 계실 테니 먼저 사건에 대한 질문 먼저 드려보겠습니다. 그러니까 지난달에 사건이 발생한 거죠? 기사님과 손님 간의 폭행 사건이었죠.

—쌍방의 폭행이 아니고요, 제가 일방적으로 맞았습니다.

—기사님은 그렇게 주장하시고 있고, 폭행을 당했다고 주장하는 승객은 전치 12주의 부상을 입고 진단서를 경찰에 제출한 상태인데요.

똑 떨어지는 말투로 또박또박 따져 묻는 DJ 때문에 약이 잔뜩 오른 나는 목소리를 높였다.

—저기요, 저는요, 사람 안 때립니다. 그렇게 배우질 않

앉어요. 게다가 술 마시고 집에 가는 사람을 제가 왜 패겠습니까? 자기들끼리 콘크리트 바닥에 굴렀어요. 잔뜩 성질이 나서는 허공에 주먹질을 해대다가 둘이 서로 패고 난리 친 거라고요. 둘이 애인 사이인 것 같았는데, 차 안에서도 계속 티격태격했어요. 남자가 여자한테 돈을 빌린 모양인데, 월세가 없다고 빌려놓고는 그 돈을 딴 데 썼다던가 뭐라던가. 다른 여자가 생겨서 선물을 사줬다던가 하면서 여자가 악을 쓰더라고요. 남자가 계속 달래면서 집에 가서 얘기하자고 하니까 여자가 또 거기가 네 집이냐, 월세는 내가 다 냈는데……

─아, 그러니까 기사님 말씀은 차 안에서 커플이 다투었다는 거죠? 두 사람이 다툰 거지, 기사님과 싸운 게 아니다?

─둘이 계속 그렇게 싸우더니, 목적지에 도착해서는 택시비가 많이 나왔다며 다짜고짜 운전석에서 나를 멱살을 잡고 끌어내더라고요.

─정리하자면 택시비로 시비가 붙었고, 왜 먼 길로 돌아와서 요금이 많이 나왔느냐, 그러다가 며칠 지나서 고소를 했던 거죠?

─이봐요, DJ 양반. 택시비라는 게, 요즘은 영수증에 거

리랑 요금이랑 다 찍혀 나와요. 돌아오긴 뭘 돌아와요? 홍대 앞에서 반포까지 13킬로미터에, 야간 할증 붙어서 이만원 정도 나왔어요. 88대로로 가나 강변북로로 가나 큰 차이가 없어요. 일, 이천원 차이도 안 나요.

—자, 그럼 기사님은 왜 그분을 고소하지 않으셨지요? 쌍방이든 일방이든 폭력행위가 있었다면 충분히 고소할 수 있었을 텐데요.

—그동안 회사택시 하다가 작년에 개인택시 면허 받고 새 택시예요. 아들이 고2 됩니다. 새벽까지 공부한다고 앉아 있는 아들녀석한테 아버지 추한 모습 보여주면 애 맘 다칠까 싶어 숨겼어요. 심야 기사식당 들어가서 얼굴 피딱지 씻고 편의점 가서 대일밴드 사 붙이고 그렇게 넘어갔수다. 니미, 등이 온통 시퍼렇게 멍들어도 어깨 내려앉은 거 아니라 운전하는 데는 지장 없다고 파스 붙이고 말았다고요! 일 크게 만들기 싫어서 쌍! 회사 차였으면 에라이, 드러누웠을지도 모르겠지만 내 차였다고, 씨팔!

—기사님, 생방송입니다. 화나시겠지만, 말씀을 조금만……

—욕 안 나오게 생겼어요? 내가 맞았어. 내가 맞았다구, 이 사람아! 요금 때문에 시비가 붙어? 도착했습니다, 하자

마자 지들을 이상한 눈으로 본다면서 냅다 끌어내더라고. 일 없이 얻어터진 건 나라고요!

　—기사님, 흥분 가라앉히시고요. 더 문제가 되는 게, 여성 승객 성추행 부분인데……

　—진짜, 미치겠네!

내 이야기를 들으려고 전화를 한 건지 불을 지르려고 한 건지, 그때부터는 헷갈리기 시작했다.

　—처음부터 설명하자면 커플 승객이 탔고, 두 사람은 차에 타자마자 잠이 들었고, 깨어보니 요금이 과도하게 나와서 기사님께 남자 승객이 항의하던 중에 여자 승객의 셔츠 앞자락이 뜯겨 있는 걸 알게 되었고, 잠든 사이 차를 세워두고 여자 승객을 성추행하려고 시도했던 것임을 알게 된 남자 승객과의 다툼, 이 부분이 사건의 요지인 거죠?

　—그치들 안 잤어! 지네 둘이 물어뜯고 싸우느라 옷이 찢겼지, 나는 아니라고! 나는 요금도 못 받고 쥐어터지기만 했다잖아!

　—김기사님, 진정하시고……

　—지금 내가 진정하게 생겼소? DJ 양반 같으면 되겠냐

구! 나 그만 전화 끊겠소. 비겁한 새끼들……

　—김기사님, 김기사님?

　—시팔, 내가 맞았어. 내가 얻어맞고도 돈 없어서 빵에 가게 생겼다고요!

나는 곧장 벽을 향해 전화기를 내던졌다.

10년 전 어느 새벽, 나는 그렇게 홍대에서 반포까지 가는 손님들에게 두들겨맞았다. 어찌된 일인지 그 골목을 비추는 CCTV 두 대가 모두 고장이었다. 지나가던 차들, 사람들이 몇 있었던 것 같은데, 목격자도 나타나지 않았다.

아들에게 들키고 싶지 않아 맞은 자국을 숨겼던 나는 폭력 및 성추행 혐의로 4년을 때려맞고 법원 앞에서 분신했다. 그 일로 공무집행방해죄가 추가되어 8년으로 형이 늘었다.

대나무처럼 곧은 내 아들, 애꿎덩어리 딸…… 부모 삶이 고되면 지켜보는 아이들은 빨리 철이 든다. 어리광 부릴 데도 없거니와, 저까지 부모에게 짐이 되고 싶지 않아서일 테다. 아이 둘이 성숙한 게 고마우면서 미안한 이유다. 과부

나 마찬가지인 채 아이 둘을 잘 키워준 집사람에게는 평생 갚지 못할 신세를 졌다. 나는 그들을 위해 그때도 살아남 았고 지금도 살아간다.

분신 시도는 억울한 누명을 쓴 내 최후의 발악이었지만, 마음의 상처가 어느 정도 아문 지금도 그때 생긴 흉터는 지 워지지 않아서 아들과 목욕탕엘 못 간다. 그때 내 눈엔 아 무것도 보이지 않았다. 눈먼 자에 대한 벌이었을까. 나는 아들의 중요한 순간, 딸의 중요한 순간에 함께할 수 없는 아비가 되었다. 내 삶의 일부가 통째로 날아간 것이다.

빵에서 감형 없이 8년을 살면서 온몸이 썩는 듯한 고통 을 겪었다.

하지만 감사하게도 아들은 흔들림 없는 노력을 보상받 아 명문대 법대에 입학했고, 농구에 재능을 보였지만 아무 런 경제적 지원을 해주지 못했던 딸은 좋은 스승을 만나 서울에서 통학 가능한 체대에 장학생으로 들어갔다.

아들이야 제 몫은 해낼 거라 믿었으니 그렇다 치고, 딸의 대학 합격 소식에는 얼마나 울었는지. 좁은 감방 안에 갇 혀 녹아내린 등을 구부린 채, 세상을 욕하고 절망하며 억 울해하기만 하던 내게 아이들은 "아니"라고 말해주었다.

아버지, 그렇지 않아. 세상이 가혹하긴 하지만 그렇게

나쁘지만은 않아. 아이들은 자신의 삶으로 증명해 보여주었다.

아들 그리고 딸…… 볕이 눈부신 오늘을 선물해준 나의 구세주.

난 신은 믿지 않지만 이들은 믿는다.

거치대에 올려놓은 스마트폰이 울린다.

"여보세요? 어이, 아들!"

"아버지, 운행 중이세요?"

"어이~ 스피커폰."

"손님 계시면 이따 전화드릴게요."

"어이~"

더듬더듬 제부도 외길을 훑으며 여정의 막바지에 이른다.

"이 근처 어딘가 싶습니다만, 손님?"

"저기 저 앞에 천막……"

"맞네요, 저기네요, 손님."

여인의 목적지 동춘 서커스 제부도 공연장 앞에 차를 세운다.

"육만육천원입니다."

여인의 신용카드를 받아 리더기에 찍고 다시 건넨다. 여인이 내린 후, 천천히 액셀러레이터를 밟으며 나는 룸미러

와 사이드미러를 번갈아 들여다보며 길가에 선 여인을 훔쳐본다. 천천히 멀어지면서도 여인의 또렷한 얼굴이 보인다. 김지미랑 진짜 비슷하네. 아, 물론 우리 집사람도 미인이지.

거치대의 스마트폰 화면을 켠 후, 통화 버튼을 옆으로 쓰윽 밀고 스피커폰을 연결한다.

"어이~ 아들."

"예, 아버지. 손님 내리셨어요?"

"어이. 지금 돌아가는 중."

"이따 법원으로 오실 거죠? 아님 정원 선배랑 저만 갈까요?"

"앞까지만 갈게. 들어가진 못하겠고. 시간은 대충 맞겠다."

"그러세요. 이따 봬요."

"어이."

오늘은 아들이 넣은 법원 청원의 판결이 있는 날이다.

나는 벌써 법대에 간 아들 덕을 본다. 무능하고 무성의했던 국선 변호사 대신 대형 로펌의 수습 변호사에게 사건을 맡길 수 있게 되었다. 경력이 필요한 아들의 대학 선배는 기꺼이 일을 맡아주었다.

만기 출소 후 담당 경사를 찾아가 마지막으로 한 번만 더 조사해주십사 읍소했는데, 두 달 만에 목격자를 찾았다. 사건일 다음 날 석 달간의 장기 출장을 다녀왔다는 목격자는 빌라촌 3층에 살고 있었다. 창밖으로 상황을 지켜봤지만 다음 날 새벽에 출국해야 했던 목격자는 번거로운 일이 생길까봐 경찰에 신고할 생각을 못 했다고, 하지만 불과 300미터 거리에 파출소가 있기에 금방 해결되리라 생각했다고 했다. 목격자 소유의 차량도 현장 앞에 세워져 있었다고 한다. 자동삭제된 차량 내부의 블랙박스 영상도 복구했다.

그렇게 나는 무죄가 되었다.

이것으로 자식들에게 내 결백을 증명했고 영구 취소됐던 개인택시 면허를 돌려받았다는 사실만으로도 나는 만족했지만, 아들은 그렇지 못했나보다. 아들은 국가를 대상으로 아비의 잃어버린 시간에 대한 보상을 요구하는 청원을 넣었다. 억울한 사법 피해자에게 박한 걸로 유명한 대한민국 사법부가 오늘 어떤 판결을 내릴까.

부디 마지막이길 바라며 법원으로 가는 길. 시디를 틀자 음악이 흘러나온다.

리듬 앤 블루스 그룹 서피스의 〈The first time〉.

지금도 팝송을 즐겨 듣는다. 어릴 때부터 좋아했기에 올드 팝을 많이 아는 편이다. 가방줄은 짧지만 팝으로 배운 영어는 꽤 쓸 만하다. 특히나 이 노래 〈The first time〉는 내 생애 유일한 해외여행지인 하와이와 깊은 인연이 있다.

하와이에서 보낸 5일. 보이는 모든 광경을 눈에 담고 지나간 발자국을 기억에 박으며 서울로 돌아가 친구들에게 자랑할 거리를 찾았다.

사실은 이해가 가질 않았다. 그곳을 두고 왜 지상낙원이라고 떠들어대는지. 좋은 음식도 먹어본 사람이 맛을 안다던가. 부유한 이들의 세계는 내게 맞지 않는 옷일 뿐. 들뜬 마음에 비행기에서도 내내 잠을 설친 채 공항에 떨어졌건만, 숙소까지 향하는 버스 창밖으로 바라본 오아후 섬의 풍경부터가 한마디로 대 실망이었다.

해안가에 정박해 있는 초대형 고급 크루즈는 눈이 부셨고, 낡은 공장 건물의 벽화도 이국적이었다. 하지만 대체로는 신혼여행 갔었던 동해랑 크게 다르지 않은 게, 그저 한적한 시골마을 같았다. 패키지로 함께 움직이는 일행들 사이에서 하늘이며 바다가 그림 같다며 환호성이 터져나왔지만, 그깟 자연 보려고 여기까지 왔나? 돈 있는 사람들은 뭐가 좋다고 이러고 여행이란 걸 다니는 건지 도무지 알 길이 없었다.

등산도 닭도리탕에 막걸리 푸는 맛으로 오르고 소주 없이는 잠자리에 들지 못하는 나로서는 이 여행이 도무지…… 낯설고, 물 설고, 소주 없는 밤은 잠도 안 오고…… 솔직히는 그랬다. 그래도 집사람이랑 아이들이 좋아하니 흥을 깨지 않으려 닥치고 따라다녔다.

원주민들이 추는 훌라춤을 구경하고, 사람보다 큰 거북이 사는 해변에서 기념 촬영을 하고, 관광안내서에서 봤던 다이아몬드 헤드라는 곳에 올라 일몰을 보고…… 가이드가 이끄는 대로 따라다니다보니 어느새 마지막 날이었다. 새우 양식이 발달한 곳이라 새우요리가 유명하다고 찾아간 어떤 새우트럭에서 점심 겸 저녁식사 접시를 받아들었을 땐 나도 모르게 입 밖으로 속마음이 튀어나왔다. 갓김치 먹고 싶어. 집에 가고 싶어. 어쩌면 얼굴로는 여정 내내 그렇게 말하고 있었는지도 모르지만.

시무룩하게 내일을 기다리던 하와이에서의 마지막 밤, 도심을 순환하는 2층 트롤리버스 안에서 〈The first time〉이 흘러나왔다. 목에 마이크를 건 트롤리 기사는 흡사 DJ처럼 나지막하게 정류장 이름을 하나하나 일러주며 인사해주었다. 기사의 취향이었을까 아니면 어쩌다 흘러나온 노래들이었을까. 그 노래가 버스 스피커를 통해 들려오는 순간 내 눈에…… 2층 버스의 머리는 길가에 늘어진 야자수 잎을 턱턱 치고 지나가고, 도로가 뻥 뚫려 있는데도 속력을 내는 차는 없고, 파란 신호를 받은 앞 차가 얼른 출발하시 않아도 경적을 울리지 않는, 이상할 정도로 느린 풍경이 보였다. 버스가 와이키키 거리로 들어서 화려한 쇼핑가를 천천히 훑을 때는 머리가 더 멍해졌다. 거리의 음악가들에게 아낌없이 던져지는 동전들, 뭘 팔겠다는 의지가 없이 그저 펼쳐져 있을 뿐인 길거리 매대의 기념품들, 오밤중에 파도 탈 일도 없을 텐데 옆구리에 서핑보드를 끼고 다니는 젊은이들, 어설픈 마술사의 묘기에도 아낌없이 박수를 쳐주며 웃고 있는 얼굴들…… 그냥 그 표정들…… 일상일 수도 여행자의 흥분일 수도 있는 자유롭고 여유로운…… 살아보지 못했기에 나는 결코 지을 수 없었던, 그래서 지어본 적 없는 표정을 그들에게서 보았다. The first time. 노래의 제목처럼, 처음으로.

그 순간, 저 유명한 와이키키 해변의 버스에 앉아 불쑥 설명 못 할 눈물을 흘렸다. 내 새끼들…… 넉넉하게는 못 해줘도 어떻게든 찌들지 않고 지치지 않고 함께할 수 있음에 만족하는 표정만이라도 만들어주고 싶은 아비의 절절한 사랑은 새끼들은 과연 알까. 그때까지의 나는 새끼들에게 그저 받기만 했다. 무한한 기쁨을.

아무것도 해준 것이 없고 앞으로 해주고 싶은 것만 많은 가난한 가장. 내가 무슨 복으로 이런 곳에서 이런 호사를 누리나.

아마도 행복했었나보다. 나는 절정의 행복을 느꼈었나보다. 그래서 눈물이 났었나보다.

여행 후 나는 가훈을 붓글씨로 써서 마루에 걸었다.

'처음처럼'.

그리고 얼마 지나지 않아 나는 인생 최악의 비운을 겪었다. 하지만 가훈은 지옥 속의 우리 가족을 살렸다.

춥거나 덥거나 새벽이면 나를 깨우고 옷을 구겨 입고 집을 나서게 하는 그 말, 더러운 팔자에 주저앉지 않도록 나를 일으켜세워주는 그 말, 아비가 없는 동안 간병인에 영화관 청소까지 하루가 모자랐을 집사람의 지친 하루를 응원했을 그 말, 우리 네 식구가 다시 한집에서 부대끼는 기적을 만들어준 그 말, 처음처럼.

어릴 적 내 꿈은 DJ였다. 떡볶이집이든 카바레든 상관없었다. 그다음이 운전기사였다. 하와이의 트롤리 기사가 되었다면 두 개의 꿈을 동시에 이룬 셈이 되었을까. 하와이는 아니지만 어쨌거나 나는 운전으로 먹고살고 있다. 멋진 일이다.

요즘엔 라디오 사연을 문자메시지로 받는다. 자주 듣는 라디오 프로그램에 문자 사연을 보내볼까 싶다. 취직 때문에 절망하는 젊은이들에게 내 인생 이야기를 들려주고 싶다. 절망하지 말라고, 내 인생을 한번 보라고.

음악을 좋아하지 않았어도 내가 이 일을 업으로 선택했을까? 어쩌면 나는 음악 때문에 이 일을 시작했는지도 모른다. 8년이란 짧지 않은 시간을 잃어버리고도 다시 운전대를 잡을 수 있었던 것도 음악 덕분일 것이다.

당신은 인생을 낙관하는가? 나는 그렇다.

법원 주차장에 차를 세우자마자 기다리고 있었다는 듯 전화가 울린다.

"어이, 아들! 막 도착했다. 뭐라고? 보상금? 배상금 천만 원? 허허. 됐네, 천만원이면 뭐. 헐헐. 네 엄마 가스레인지 바꿔줄 돈은 되네, 그치? 가스레인지 땜에 치매 걸리고 폐

암 걸리고 한다고 뉴스에 나온 거 보고 인덕션인지 뭔지로 바꾸고 싶다더라만. 아니야, 됐어. 관둬, 이제. 그만하면 됐어. 액수가 문제가 아니라 지들이 잘못을 인정한 거잖아. 나라가 아버지한테 사과한 거잖아. 아버진 그거면 됐어. 춥다, 아들아. 차에 히터 틀어놨어. 공회전 오래 하면 벌금이여. 어여 와. 어이~ 어이."

해가 떨어지려면 아직 멀었나? 억울한 옥살이 8년에 대한 보상으로 천만원을 때려맞았다. 어처구니가 없다. 잃어버린 내 8년 인생 값 천만원. 고작. 그러나.

언제나 음악을 들을 수 있다. 세상을 구경할 수 있다. 나는 택시가 좋다. 택시로 돌아온 그 하나만큼은 어처구니가 있다. 천만원 아니라 천억인들 뭐가 달라졌을까. 천만원 아니라 천원이면 무슨 상관이랴. 어쨌든 8년은 흘렀고, 지금 나는 여기 택시로 돌아와 있지 않은가. 그거면 됐다.

멀리서 아들이 걸어온다.

"어이~ 아들!"

나를 본 아들이 뛰듯 걷는다.

"천천히 와, 넘어질라!"

아들은 걷다가 다시 뛴다. 아들에게 나는 손을 흔든다.

홀로 돌아오기엔 너무도 멀리 떨어뜨려놓고 온 손님. 길고긴 인생에 단 몇십 분 스쳐 지나간 인연이지만 그 손님의 뒷모습이 자꾸만 떠오른다. 김지미를 닮은 여인은 누구를 만나러 제부도에 간 걸까. 이 순간의 나처럼 매일 봐도 이토록 반가운 만남이려나? 아니면…… 그리운 누군가와의 슬픈 재회? 서해의 바닷바람을 맞으며 나부끼듯 서 있던 여인이 다시 떠오른다.

Goodbye to Love

Carpenters

1월 2일 AM 11:30

아내

제부도. 바람이 꽤 거칠다. 공기는 차고 맑고 짜다. 내 모든 감각들이 촉을 세운다. 새롭고 놀랍고 흥분된다. 무한정 주어지는 줄로만 알았던, 때론 지루하고 지겹기까지 했던 시간들. 늙는 건 싫고 두렵지만 아이들이 커가는 모습을 보는 게 행복했기에, 아이들의 미래가 궁금했기에 어서 빨리 더 나이들고 싶었던, 시간. 나의 시간.

요즘 들어 하루를 채우는 이 시간이 새삼 더 고맙다.

심란하고 무섭고 믿기 힘들었던 시간은 다행히, 믿을 수 없게도, 감사하게도, 모두 지나갔다. 실성한 듯 울고 웃고 떨었던, 견딜 수 없는 공포로 만신창이가 되었던, 도무지 끝날 것 같지 않았던 깊은 아픔의 시간들. 완전히 괜찮다고는 할 수 없지만, 오늘 나는 덤덤하다.

불치병은 많다. 불의의 사고도 많다. 그렇게 사람은 죽고 또 태어난다. 가까운 이의 죽음을 수차례 보아왔기에 세상의 이치는 내가 제일 잘 안다.

유학 시절 남자친구가 교통사고로 죽었고, 함께 살던 외할머니의 주검을 처음 발견한 사람도 나였다. 남자친구는 한인 유학생 커뮤니티에서 만난 사람이었다. 대입에 실패하고 급하게 준비해 떠난 유학이라, 영어가 거의 안 되는 상태였다. 외로움을 핑계로, 그 먼 곳까지 가서도 결국 한국 사람들이 만든 작은 한국에서 생활했다. 간섭할 이 없는 자유에 심취해 파티에 남자에 술에…… 온갖 인생 공부에만 열중하던 어느 주말, 렌터카를 빌려 옆 도시의 오두막으로 단둘이 떠난 여행에서 가로수를 들이받았고, 나는 등과 팔다리에 타박상만 입었지만 안전벨트를 매지 않은 남자친구는 그 자리에서 죽었다.

외국은커녕 앞으로는 지방에도 보내지 않겠다며 나를 한국으로 끌고 온 부모님은 내가 살아 있는 것만으로도, 같은 하늘 아래 있는 것만으로도 안심이라고 했다. 한국으로 역유학을 온 나는 압구정 복장전문학교의 패턴 전문가

과정을 거쳐, 부모님의 돈으로 청담동에 5평짜리 매장을 열고 디자이너로 순조로이 데뷔했다.

양다리는 없었지만 끊임없이 갈아타며 남자를 만났던 나는 서른 즈음 결국 또다시 남자 문제를 일으켰다. 중국과 한국을 오가며 사업을 하던 K와 사랑에 빠져 반년 만에 결혼을 약속하는 사이가 되었지만 부모님은 그를 반대했다.

너무 급하게 서두른다, 기생오라비처럼 생겼다, 눈빛이 탁하다, 뱀처럼 속을 알 수 없는 음흉한 인상이라던가? 인신공격 수준의 악담으로 반대하면 할수록 나는 그를 더 간절히 원하고 원했다. 엄마는 천천히 계속 만나보라고 했지만, 그 말이 내게는 당장 헤어지라는 요구보다 더욱 받아들이기가 어려웠다.

끝내 가출까지 감행했던 나는, 얼마 후 그의 아기를 가졌다.

"임신한 것 같아."

"임신? 어떻게?"

그는 어리둥절해했다.

"피임 안 했잖아."

"그렇다고 그렇게 쉽게 임신해?"

그때 그의 말이 지금까지도 상처로 남아 있다.

"아기 원하지 않았어?"

"난 널 원했지…… 아기는 아냐."

돌이켜보면 이상할 것도 없었다.

그는 그때 스물아홉이었다. 여자를 사랑하고 갖고 싶고 결실을 맺고 싶었을 순 있지만, 아기는 부담일 수 있었다. 하지만 그건 지금의 내가 알 뿐, 그때의 나는 몰랐다.

가출 한 달 만에 집으로 돌아왔지만 그는 나를 데리러 오지 않았다. 불안하고 막막한 마음을 누르고 눌렀지만 눈물이 멈추지 않았다. 나 역시 아기를 원한 것은 아니었다. 그저 그를 잡고 싶었을 뿐.

서커스단이 늘어뜨린, 처연하면서도 키치스러운 디자인의 천막을 본다.

동춘 서커스단은 대부도에 적을 두고 전국 순회공연을 다닌다. 이번 달 예외적으로 지척의 제부도에 천막을 친 건, 대부도 공연장 가는 길에 들어서는 대형 펜션 공사로 인해 교통마비 민원이 빗발친 때문이라고 한다.

1925년 창단하여 전남 목포에서 초연을 하고 배삼룡 이주일 등 굴지의 코미디언을 배출한 동춘 서커스단. 문화예술 열혈 소비자로서 서커스를 폄하할 마음은 추호도 없지만, 내가 아는 그와 서커스는 전혀 연결이 되지 않는다. 그는 탐미주의자인 내가 한눈에 반했을 만큼 멋있고 세련된 남자였다. 그는 내 높은 취향의 정점에 서 있었다. 그런 그와 동춘 서커스…… 태양의 서커스라면 또 모를까.

약속장소인 공연장 옆 커피숍 '마리'에 들어가 구석진 자리에 앉는다.

흥신소를 통해 그를 찾아준 사람도, 그와 통화하며 약속장소와 시간을 잡아준 사람도, 오늘 아침 콜택시를 불러준 사람도 모두 남편이다.

그를 기다리며 남편을 떠올린다.

남편과 살면서 부모님의 지원은 일절 받지 않았다. 부유했던 부모님은 무남독녀 외동딸에게 뭐든 해줄 준비가 되어 있었지만, 정작 나는 무엇을 해야 할지 늘 몰랐던 것 같다. 의상 디자인이라는 전공조차 평소 주특기인 돈 쓰기와 옷 쇼핑의 연장선상에서 선택했을 뿐. 다행히 감각은 없지 않았는지, 몇 달 만에 기초 데생을 익혀 급하게 유학을 떠날 수 있었다.

　보통은 편집매장-오리지널 브랜드 론칭 순으로 움직이지만, 나는 부모 펀딩으로 나만의 디자인으로 브랜드를 만들어 패션 사업에 진출했다. 회사는 그럭저럭 나쁘지 않게 굴러갔지만, 고생 없이 얻은 성과라 그런지 내 디자인에 대한 자부심은 크지 않았다. 결혼 준비와 함께 브랜드를 적당한 값에 대기업에 넘겼고, 그 돈으로 혼수를 준비하고 신혼집 전세금도 반 보탰다.

　집순이가 체질인가보다. 나는 전업주부의 삶을 스스로 택했고, 그 선택이 결과적으로 옳았다.

　결혼 전 남편은 내로라하는 대기업 모직회사에 다녔다. 결혼 후 남편은 회사에서 몇 년 전 개발하다가 묻힌 텍스타일 아이템을 가지고 나와 자기 회사를 차렸다. 오리털이 빠지지 않는 특수 텍스타일이었다. 독립한 회사에서 아이템을 발전시켜 특허를 받았고, 큰돈은 아니어도 연금처럼 일정한 금액의 로열티가 매월 지갑에 꽂힌다. 큰 집도 샀다. 회사 운영비를 제한 실수익으로 따지면 평범한 샐러리맨 연봉 수준이었지만 수입이 꾸준하기에 큰 기복 없이 지낼 수 있었다. 우리가 가진 것과 이룬 것은 오롯이 우리 부부의 성과였다. 아이들 유학 자금 때문에 큰 집은 팔고 아담한 평수로 옮겨오긴 했지만 이 또한 우리가 그린 큰 그림 안에 들어 있었다.

그린 대로 살았다. 그림처럼 살았다. 내가 꾸린 우리 네 식구의 그림 같은 삶. 가정주부로서, 나는 성공한 사람이다.

부모님은 손자들의 유학을 반대했다. 어린 시절의 나 때문이었겠지만, 두 아이는 결국 유학길에 올랐고, 지난 몇 년 사이 두 분은 차례차례 세상을 떠났다.

아이들이 멀리 떨어져 있는 것과 부모님이 먼저 가신 것은 불쑥불쑥 큰 그리움으로 다가오지만, 말기 암 선고를 받은 후에는 오히려 안도했다. 그들에게 지금의 내 모습, 내 감정을 모두 보여주고 싶진 않다. 목숨보다 귀한 내 새끼들이 제 어미의 운명에 무너지는 날을 최대한 뒤로 미룰 수 있고, 부모는 병든 딸을 앞세우지 않아도 된다. 감사한 일이다.

이틀 후면 아이들을 만나러 떠난다.

내 마지막 버킷리스트를 실행하기 위해.

마흔아홉, 삶을 빼앗기기엔 아직 젊은 나이가 주는 비애감은 있지만, 크게 후회하는 일도 못 해본 일도 없이 살았기에 나의 버킷리스트는 길지 않다.

1. 전쟁이나 테러 위험 때문에 못 가본 나라 다녀오기.
2. 몸 관리한다고 자주 먹지 못했던 곱창 배터지게 먹기.
3. 연애 시절처럼 일출 보러 새벽에 동해로 드라이브 떠나기.
4. K 만나기.
5. 아이들에게 작별인사 하고 오기.

남은 생을 갉아먹는 무의미한 연명 치료는 거부했다.

공포에 잠식되어 역겹고 몽롱한 주삿바늘을 온 몸에 찌른 채 정신을 놓고 싶진 않았다. 나는 병을 없애거나 치료로 나아진다는 희망이 없는 췌장암 말기 환자. 좋은 컨디션으로, 내가 정성껏 가꾸고 만들었던 고매하고 찬란한 나의 외모 이대로, 건강하다고 느끼는 이대로 떠나고 싶다.

세 차례의 방사선 치료에도 암덩어리의 크기를 줄이는 데 실패한 후, 나는 남편과 반년 동안 터키와 남미를 여행했다. 웬만한 곳들은 가족들과 함께 이미 돌아보았다. 다만 총기, 전쟁, 테러가 무서워 남겨두었던 곳들을 마지막으로 다녀온 것이다. 영화 〈리오〉에서 보고 반했던 리우데자네이루는 언젠가 꼭 가보고 싶은 도시였다. 여행 첫날, 파벨라 전문 가이드와 함께 들어가본 세계 최대 빈민촌 호싱

야에서 다섯 살쯤 되어 보이는 사내아이가 갱의 오발탄에 맞아 숨지는 장면을 목격했다.

내 예정된 죽음이 아무리 억울해도 소년의 그것과 비교나 할 수 있을까. 숨 막히도록 아름다운 빈민가를 배경으로 펼쳐진 눈앞의 비극은 내게 알려주었다. 나는 살 만큼 살았음을. 내가 원하는 삶을 나 스스로 살아왔음을. 이것으로 됐음을.

곱창은 서울 시내는 물론이고 대구까지 내려가 소문난 곱창 막창 맛집들을 탐방하며 배가 터지도록 먹었다. 나이가 들어서인지 아니면 갈 날이 머지않아서인지, 생각만큼 감동적이지는 않았다.

동해 드라이브도 두 번 다녀왔다. 쓸쓸하고 스산한 바닷가는 지금 눈앞에 펼쳐진 제부도 앞바다보다 시시했지만, 움직이는 차창 밖으로 천천히 바뀌던 새벽빛은 영원히 간직하리라.

네번째 버킷리스트, K.

나는 왜 지금까지도 그를 잊지 못하는 것일까. 왜일까.

내가 스스로 정리한 관계가 아니었기 때문일까? 버림받

았기 때문일까? 사랑하는 채로 사라져버린 연인. 나는 두 번이나 이런 경험을 했다. 죽어버린 사람이야 시간이 걸릴 뿐 포기가 되는데, 살아 있는 사람은 포기할 수 없는 걸까? 아니면, 내가 일부러 붙들고 있었던 걸까.

그와 헤어진 후, 만신창이가 되어 수렁에 빠져 있던 날 건져준 사람이 남편이었다.

내 브랜드의 티셔츠가 남편이 다니던 회사의 편집숍에 납품되었고, 남편이 담당자였다. 크게 기대하지 않았던 아이템이 쏠쏠히 팔리면서 그 회사의 인정을 받게 되었다. 호텔 컨벤션홀에서 신상 쇼 케이스를 열 때 그 회사의 후원을 받았고 결과적으로 내 브랜드는 더 커졌다. 호흡 잘 맞는 파트너로 자주 연락을 주고받았을 뿐 내게 남자는 아니었다. 외모는 뚝배기처럼 촌스러웠고 말투는 군화처럼 투박했다. 피부에 안 맞더라도 실크 속옷만을 고집하는 여자에게, 흰색 삼각 면 팬티에 셔츠 안에는 꼭 러닝셔츠를 받쳐입는 남자가 눈에 찰 리 없었다. 하지만 코너에 몰린 내가 울면서 전화할 사람은 남편뿐이었고, 남편은 나를 품어주었다.

부모님께 인사드리러 갔을 때는 더욱 놀랐다. 성급한 결정이라고 반대만 하던 K 때와는 달리, 남편은 처음 만난 순간부터 결혼을 서둘렀다. 부모님은 돌아가시는 그날까지 남편을 아껴주었다. 어쩌면 내 마음이 가지 않는 그 끝까지, 부모님은 나를 대신해 남편을 사랑했을지도. 결혼 후 내 인생이 순탄했던 건 부모님 덕이 크다.

한동안 고요하기만 하던 커피숍의 문이 흔들린다.

그와의 거리가 10미터쯤 될까. 그는 여전한 모습이다. 멋부리지 않은 듯 멋을 풍긴다. 겨울코트 안으로 호리호리한 몸매에 딱 맞는 세련된 감색 슈트가 슬쩍 보인다. 그는 반으로 접어 목에 둘렀던 카키색 버버리 목도리를 풀며 주변을 둘러본다. 입가에, 나도 모르게 웃음이 번진다. 나는 반사적으로 손을 들어올린다.

"여기."

내가 그를 알아봤듯, 그 역시 나를 한눈에 알아본 듯하다. 그의 입가에도 웃음이 번진다. 그 역시 나를 향해 손을 들어올린다.

"반갑다."

굵고 단정한 목소리로 다가와 맞은편에 선 그가 손을 내민다. 나는 그의 손을 마주 잡는다.

"여전하네."

그가 맞은편에 앉고, 나는 자꾸만 미소가 지어진다. 웃

음이 터져나오려는 걸 나는 겨우 참는다. 자꾸만 웃음이
난다.

1월 3일 PM 5:35

남편

아내를 태운 택시가 아파트 단지 안으로 들어섰다는 문
자를 받고 엘리베이터를 탔다. 뉘엿뉘엿 넘어가는 해를 등
에 진 택시가 내게로 가까워져 온다. 어제 아침 외간 남자
를 향해 제부도로 떠났던 아내가 내게로 가까워온다.

아내의 옛 남자를 찾기 위해 '연합사무실'이라는 흥신소
를 찾았다.

일주일이 지나 그의 연락처를 알게 되었고, 그에게 전화
했다. 내가 누구인지, 왜 연락했는지, 누가 그를 찾는지 등
등 사정을 차근차근 설명했다. 그는 가만히 내 이야기를
듣고 있었다.

그를 찾으면서 걱정했던 부분은 단 하나, 그의 가정이었
다. 사십대 후반에서 오십대 초반이면 지금껏 독신일 것 같

지는 않았다. 그러나 그에게 묻지는 않았다. 다만 아내가 만나고 싶어한다, 그의 대답을 기다리겠다, 그렇게만 전하고 전화를 끊었다. 판단은 그가 알아서 할 일이었다.

누가 나를 이기적이라 비난한다 해도 할 말이 없다.

나는 아내에게 무얼 해주고 싶은 걸까? 내가 얻고 싶은 것은 무엇일까? 시한부 아내를 옛 애인에게 보내 하룻밤을 선물하는 대인배 남편? 아내를 끔찍이 사랑하고 아내를 전적으로 믿는 남편? 나는 아내가 멋진 추억을 안고 돌아오길 바라는가, 아니면 아무 일 없이 돌아오길 바라는가……

나 역시 설명할 수가 없다. 나 역시 내 마음을 알 수가 없다. 지금의 내가 아는 건, 죽어가는 아내를 둔 남편은 충동적이고 감정기복이 심하며 너무도 외롭다는 그뿐.

택시 뒷문이 열리고 아내가 차에서 내린다. 다가오는 아내를 향해 나는 손을 내민다. 아내 역시 손을 내밀고, 나는 아내의 손을 마주 잡는다.

"왔어?"

"응."

"하루 못 봤는데 되게 반갑네?"

"응? 치이."

녹음해두고 싶은 내 아내의 목소리. 응? 치이, 하고 뱉어내는 한 음절, 한 음절이 가슴을 후벼판다.

"가자."

아내의 손을 잡고 걷는다.

"조금 있다가 들어가자. 오늘 안 추우니까 좀 걷자."

"응."

다시 아내가 응, 하자 참았던 눈물이 차오르는 듯하다.

아내

남편과 나는 10분쯤 걸어 집 근처 공원에 도착한다. 벤치에 나란히 앉아 드문드문 지나는 버스들 자동차들을 눈으로 좇는다.

"앞으로 날씨 더 추워지나? 겨울 끝났나?"

내가 먼저 남편에게 말을 건넨다.

"이제 1월인데 더 춥다가 풀리겠지."

남편의 말투엔 근심이 없다. 굴곡이 없다. 남편은 늘 푸른 소나무 같은 남자다.

"내일 짐 다 쌌지?"

"그럼, 다 쌌지."

"빠진 거 없겠나?"

"빠진 게 있음 가서 사지 뭐."

남편은 태평하다. 그러나 신중하다. 이런 사람이 어떻게 결혼을 그토록 빨리 결정할 수 있었던 걸까?

"커피 사올까?"

"응. 따뜻한 거. 큰 사이즈 라테."

멀지 않은 카페를 향해 남편이 걸어간다. 남편의 뒷모습이 작아진다. 낯설다. 남편은 항상 큰 사람이었는데. 내게 큰 그늘을 주고 큰 안식을 주는 큰 나무. 그런데 오늘 따라 남편이 작아 보인다.

작은 남편은 생각해본 적이 없다. 작은 남편이 싫다. 스스로가 가여워 작아진 남편을 제대로 보지 못했다. 쏟아지는 눈물을 얼른 닦는다.

남편이 조금씩 커지며 다가온다. 큰 그림자를 드리우며 내 앞에 서서 커피를 건넨다.

"왜 그렇게 초라하게 걸어?"

"내가 뭘?"

"당당하게 크게 걸어. 평소처럼."

"크게 걷는 건 대체 뭐야?"

남편이 곁에 앉는다. 다시 자동차들이 점령한 거리 저쪽으로 함께 시선을 옮긴다.

"한 번도 물어본 적이 없네."

내가 말에, 남편이 나를 쳐다본다.

"어떻게 그렇게 빨리 나랑 결혼하겠다고 결심했어? 당신처럼 느린 사람이."

"음……"

"남자친구랑 헤어졌다고 하자마자 나랑 사귀자고 하고, 두번째 만났을 때 결혼하자고 하고."

"임신했었잖아. 배 불러오기 전에 웨딩드레스 입혀줘야지."

"날 잘 몰랐잖아. 어떻게 그런 결정을 했어?"

"좋아했지. 오래 지켜보면서 짝사랑했는데 애인한테 차였다기에 이때다 했지."

"불안하진 않았어? 짝사랑은 환상 깨지면 끝이잖아. 실체가 아니고 자신의 바람으로 만들어진 허상인데."

"직감이 있었지. 직감이 여자한테만 있는 게 아냐. 너랑 잘살겠구나 하는 직감. 그걸로 밀어붙였지."

"약점 잡고 살려고 그런 건 아니었고?"

"그건 아니었어. 흑기사 콤플렉스라면 또 모를까."

"음, 20년 살아보니, 그 말은 믿을 만하네."

남편은 그 시절 나를 구했다. 나의 흑기사였다. 아이를 지우기는 차라리 쉬웠다. 하지만 무슨 심보인지, 그럴 마음이 전혀 없었다. 혹시라도 이 아이가 그와 나를 잇는 끈이 되어줄 거라는 미련이었을까? 그런 미련 있었다. 이미 갖게 된 그의 아이를 잃고 싶지 않았다. 남편이 이해해준다면 운명으로 안고 가고 싶었다. 뻔뻔하지만 내 심정이 그땐 그랬다. 나는 다시 남편에게 묻는다.

"큰애한테는 얘기해야 되나? 그 남자 얘기?"

"그만둬. 이제 와서 뭐하러. 내 새끼야."

남편은 내 핏줄 남의 핏줄 구별 없이 대했다. 결코 얕지 않은 잔잔하고 깊은 그의 사랑을 나는 보았다. 그 물속에서 얼마나 편안했던가. 얼마나 평온했던가. 얼마나 행복했던가.

"그 사람은 자식 있나?"

"이혼했대. 두 번."

"허, 능력자네. 하긴 요즘이야 이혼 흔하니까."

"자식은 넷이나 된대. 첫 부인 사이에서 낳은 아이 셋은 중국에 있고, 두번째 부인이랑 딸은 거제 쪽에 산다나봐. 둘째부인이 지방검사람 재혼해서 내려갔다나?"

"그나마 다행이네. 자기랑 편하게 만났겠네. 미안할 사람

없이."

나는 조금 뜸을 들이다가 말한다.

"샤워까진 했는데…… 결국 잠은 못 잤어."

"……그렇게 만나고 싶다더니, 왜?"

"모르겠어. 막상 그렇게 안 되더라."

"처녀도 아니고, 둘이 처음도 아닌데. 왜."

"나도 모르지. 얼마 안 남았다 싶어서 오히려 초조했나?"

나는 피식대고, 남편은 복잡하면서도 허탈한 표정이다.

"어쨌든 난 보내줬다? 네 소원이라니까."

"소원은 소원인데, 그냥…… 만나보고 싶었어. 어떻게 변했는지. 어떻게 늙었는지."

"그래, 궁금할 수 있지."

남편에게 속을 다 털어놓고 살진 못했다. 마음을 다 주진 못했다. 자주는 아니지만 간간이, 이성적인 매력을 느끼지 못했던 남자와 결혼까지 온 것에 대해 후회한 적도 있었다. 하지만 이슬방울에 천천히 젖어들 듯, 흔들림 없이 날 지켜주는 남편에게 차츰 젖어들었다.

남편 스타일로, 남편이 리드하는 대로, 느리게 신중하게, 나는 그렇게 남편을 가졌나보다.

벌벌 떨면서 버거움 반 벅참 반으로 첫아이를 키우고, 온전히 행복만을 느끼며 둘째를 키우는 사이, 실은 그를 잊었다. 완전히 잊었다.

다만 첫아이의 근거였기에 마지막으로 그를 군이 기억해내고 되살린 것뿐이다. 초라하게 늙어 있었다면 마음 한켠이 아팠을지도 모르겠다. 어쨌든 그는 내 첫아이의 아빠이기에. 그는 아이의 존재를 모른다 해도.

사랑이나 미련이 아니었다. 그도 마찬가지였을까. 하룻밤 불장난은커녕 맥줏집에서 학부형 모임 하듯 아이들 얘기 나누며 밤을 새운 뒤 아침이 다 되어서야 모텔에 각자 방을 잡고 들어가 기분 좋은 쪽잠을 청했다. 얘기가 다 끝난 새벽에 택시를 부를 수도 있었지만 조금은 남편을 애태우고 싶었다. 하루 꼬박 맘 졸이며 날 기다려주기를…… 세상을 등질 날이 머지않았지만, 여전히 외간 남자가 탐낼 만큼 아름다운 여인으로 남편의 기억 속에 남길, 나는 바란다.

선녀와 나무꾼의 이야기. 아이 셋을 낳으면 날개옷을 돌려주겠다고 나무꾼은 약속했다. 하지만 아이가 둘이 되었을 때 방심한 나무꾼에게서 날개옷을 받은 선녀는 양팔에 하나씩 아이를 안고 하늘나라로 올라간다. 어쩌면 나는 선녀처럼 언젠가 떠날지도 모른다는 마음으로 남편과 시작했지만 아이 둘을 낳고 살면서 나는 남편에게 완벽히 정착했다. 선녀와 나무꾼 이야기는 사기다.

"그 사람은 서커스단에서 무슨 일을 하는 거야? 행정 일인가?"

"옛날에도 브로커였거든. 서커스단에 중국인 단원이 새로 들어오나봐. 그 사람들 에이전트로 잠깐 와 있대."

"서커스는 없어지질 않네. 보러 가는 사람이 있나?"

"우리도 예전에 봤었잖아. 둘째 낳기 직전에, 만삭일 때."

"그러게. 기억난다."

큰아이가 텔레비전에서 하는 광고를 보고는 서커스를 보고 싶다고 졸라댔다. 이제 막 문장을 만들어 말하기 시작하고, 놀이터 곳곳을 혼자 탐색하던 시기였다.

서커스를 직접 보게 된 아이는 공중그네를 타는 연기자를 보며 떨어질 것 같다고 울어댔고, 외줄타기를 하는 여자 연기자를 보면서는 아파 보인다고 울었다. 불이 붙은 홀라후프 사이를 통과하는 꼬마들을 보면서는 뜨거울 것 같다고 울었다. 내 눈엔 별나고 유치한 쇼일 뿐이었는데, 어린 아이의 눈엔 곡예사들의 애환이 보였던 모양이다. 그러고 보니 나는 참 무딘 여자다.

"내가 타고나길 성욕이 없나봐."

"왜 또."

"살아봐서 알잖아."

"자기가 밝히는 과는 아니었지."

"어제처럼 공식적으로 기회가 생겨도 못 하고 그냥 돌아온 것 봐도…… 우리 나이가 여자들이 끓는 나이거든. 엄청 끓어올랐으면 뒤돌아보지 않고 저질렀을 텐데. 어차피 내일도 없는 운명에."

"내일 애들 보러 가는데 왜 내일이 없어? 애들 안 볼 거야?"

"나 그 남자랑 자고 와서 지금 당신한테 딴소리하는 걸 수도 있다?"

"차라리 그게 낫겠다."

남편은 실없는 소릴 한다.

"나랑만 잠자리하면서 당신 좀 억울했겠다."

"뭐가?"

"나 전엔 같이 잔 여자 많았어?"

"몇 명 있었지."

"몇 명이야, 열몇 명이야 몇십 명이야?"

"뭘 또 몇십 명까지. 내가 보위냐?"

"보위는 몇천 명이고. 아무튼 그중에 내가 워스트지?"

"얀 마, 내가 판정단이라도 되냐?"

"자동으로 비교가 되잖아."

"됐다, 인마."

남편은 답을 피하지만 여자인 내가 왜 모를까.

아닌 게 아니라 잠자리 문제로 헤어진 사람도 있었다. 남자에게 빠져서 관계에 응했지만 날이 갈수록 흥미를 잃고 잠자리를 피하는 내게 각종 테크닉을 선보이다가 결국 실망해 싸움을 걸어오거나 연락을 끊던 남자들…… 내 몸에 문제가 있는 건지, 이렇게 눕고 저렇게 누워봐도 왜 황홀하기보다는 오줌이 마렵고 똥이 마려운지. 오줌이나 똥이 나오는 루트는 사용해본 적이 없음에도. 한 구멍도 해결이 안 되니, 다른 시도는 해보기도 전에 기겁을 했다. 능구렁이가 다 된 중년의 나는 이십대의 내게 궁금하다. 왜 표정을 숨길 수 없었던 걸까. 어쩌면 그렇게 끝나도 아쉬울 게 없는 연이어서 일부러 그랬던가.

남편과의 잠자리는 첫아이를 낳은 후가 처음이었다. 아이 둘을 터울지지 않게 낳아 친구처럼 키우고 싶다고 해서 연년생으로 둘째를 가졌다. 둘째까지 낳은 후 본격적으로 부부관계를 시작했다. 놀라운 건 그때나 지금이나 느낌이

거의 다르지 않다는 것. 악몽을 꿀지도 모른다는 두려움이 없는 잠 같다. 달고 쓴 건 모르겠지만 어쨌든 '잘 잤다' 싶은 편안하고 깊은 잠. 늘 좋은 기분을 느꼈으니 불감증은 아닌 게 확실하다.

"말해봐. 나랑 잠자리 재밌었수?"

"아이고, 이 철딱서니야. 이만치 살면서 무슨 재미를 찾나? 의무방어지."

"딱한 남자…… 색기 있는 여자 만났음…… 이왕 사는 거."

"재밌었어, 인마."

"죽는다고 위로하십니까?"

"참말이다, 마누라야."

"거짓말."

"진짜로."

"나 떠나면 즐기고 살아. 어차피 한 번뿐인 삶."

"알아서 할게."

신혼 때부터 남편은 눈에 보이는 집안일을 척척 해놓곤 했다. 내가 아픈 후부터는 오롯이 혼자 살림을 도맡았지만 전혀 빈 곳이 느껴지지 않는다. 눈치 빠르고 착한 남편에게 갚지 못할 커다란 은혜를 입고 세상을 등지게 될 나는 그렇다 치고, 이 한심한 아저씨는 앞으로 어떻게 하나. 이 남자, 헤어지기 참 아깝다……

남편

아내와 노을을 바라본다. 노을이 지고 있다.

오늘 따라 별걸 다 묻는 마누라.

자기가 사실 잠자리에 무심하긴 했지. 남자는 횟수고 여자는 질이라지만, 횟수보다 질이 중요한 남자도 세상엔 있다고. 20년이 넘도록 함께 살았지만 너랑 눈 맞추고 이불 속에서 몸 돌려 누울 땐 늘 조금쯤 설레고 떨렸다. 아이처럼, 처음처럼, 쑥스러웠어. 자기 말고 다른 여자한테는 마음이 생기질 않았어. 그래서 네 대답은 이거야.

"실은 나도 성욕 별로 없어."

"말해 뭐하냐? 그래서 우리가 완벽한 커플인 거야."

"그러네."

자기 말대로 우린 완벽한 커플.

여보, 내 인생에 스쳐간 인연이야 없지 않았겠지만 연분은 당신 하나야.

큰 눈에 항상 웃는 얼굴인 너. 듣는 사람을 기분 좋게 하는 높은 톤의 목소리. 가끔 핑 하고 울상을 지을 때조차 사랑스러웠던 너. 쌍둥이보다 힘들다는 연년생 두 아이를 똑 부러지게 키워낸 너. 늙어도 늙지 않는 너. 병들어도 아픈 사람 같지 않은 너.

너는 내가 사랑했던 유일한 여자. 내가 영원히 가슴에 품을 유일한 여자.

사랑한다. 사랑한다. 사랑한다.

"내일 애들 보러 가자, 마누라."

나는 실없이 입을 연다.

"그 얘길 왜 또 해? 치매야? 하나 남은 아빠까지 아프면 애들 작살난다."

아내가 둥근 눈을 더 동그랗게 뜬다.

"알지. 나라도 건강해야지."

사랑한다. 사랑한다. 사랑한다.

"짐 다 쌌다는 거지?"

아내가 내게 묻고,

"며칠 전에 같이 쌌잖아. 자기는 암 플러스 치매야?"

나는 아내에게 대답한다.

"빠진 게 있음 가서 사지 뭐."

아내는 내가 아까 했던 말을 따라 하고,

"내 말이."

나는 아내에게 사랑한단 말 대신 이상한 말로 답한다.

속으로는 계속 같은 말을 되풀이하면서.

사랑한다. 사랑한다. 사랑한다.

"춥다. 일어나자."

나는 사랑하는 아내를 꼭 껴안는다. 숨을 크게 쉰다. 아내의 숨, 아내의 목소리, 아내의 냄새, 아내의 모든 것에서 향긋한 온기가 느껴진다. 내 아내는 언제나처럼 따뜻하다.

MIDNIGHT RADIO

초판 1쇄 인쇄 2017년 11월 10일

지은이 남희영
펴낸이 이혜경

펴낸곳 니케북스
출판등록 2014년 4월 7일 제300-2014-102호
주소 서울시 종로구 새문안로 92 광화문 오피시아 1717호
대표전화 (02) 735-9515
팩스 (02) 735-9518
전자우편 nikebooks@naver.com
블로그 nikebooks.co.kr
트위터 twitter.com/nikebooks
페이스북 www.facebook.com/nikebooks

ⓒ 니케북스, 2017
ISBN 978-89-94361-79-6(03810)
가격 : 12,000원

책값은 뒤표지에 있습니다.
잘못된 책은 구입한 서점에서 바꿔 드립니다.